なぎさだより

〈逗子・葉山・鎌倉〉暮らし歳時記

Tayori Hashide
橋出たより

第三文明社

プロローグ

「私の耳は貝のから
海の響《ひびき》をなつかしむ」(※)（ジャン・コクトー作／堀口大學訳「耳」）

午前五時二十二分
逗子《ずし》駅で降りたあなたは
空を見上げて小さくうなずくと
まっすぐ海岸へといそいだ
やがて　目の前にぴんと一本の水平線
たまらなくなつかしいきもちになるのは
寄せては返す波音のせいだ

ということに　あなたはまだ気付かない
砂浜には二種の足跡　誰かの運動靴と犬の肉球
自分の足跡も残したくなり
さっそくあなたは歩きだしたが　すぐに
「ちがう」と呟《つぶや》いて
持っていた鞄《かばん》を放り投げた
靴と靴下を脱ぎ捨て　白いくるぶしをつるんと出すと
裸足《はだし》で　なぎさを　はしる　はしる　はしる
鞄と靴が波にさらわれかかっている様子が
あなたの目の端をかすめたけれど　気にしない
なぜなら　思い出したのだ　あの頃を

「泳いで帰ればいいだけだ　ははは」
と高笑いした　そのすぐあとに
「なんちゃって」と付け加えることを忘れなかったとはいえ
すでに片方の靴が沖へと向かっていた
あなたは　しばし茫然と波間を見つめていたが
「あっ　あの人この辺に住んでるかも」
ジャケットのポケットから
平たい長方形を取り出して
「早起きするタイプの人じゃないけど」
ためらいがちに　その画面に指をおくと
私の小さな電話がそわそわと揺れた

※堀口大學訳『訳詩集　月下の一群』（岩波書店）

目次

波音

ビーチグラス

水平線

夕焼け

【著者近影】
企画／磯西 真
撮影／依田佳子
着付け／天野利美
ヘアメイク／瓜田裕紀、伊藤 睦

カバーイラスト／ステッチ松田
イラスト／植木美江、もりのもりか（p 201）
本文デザイン・装丁／村上ゆみ子

本書は、二〇一八年から二〇二〇年まで『聖教新聞』に掲載された連載「親子でワクワク暮らし歳時記」に、修正・加筆をしてまとめたものです。

波音

ヨモギ

できたての草餅、春の匂い

お灸《きゅう》のもぐさがヨモギだと知ったのは、ずいぶん大人になってからだ。草餅《くさもち》になれば、お灸にもなるなんて、まさに一本でアメとムチ。これは、隅《すみ》に置けない。

ある時、私は、近所に秘密の花園ならぬ蓬園《よもぎ》を手に入れた。逗子《ずし》海岸の目の前で潮風を浴びて育つ蓬たち。毎年、バレンタインデーが終わると、ここで柔《やわ》らかな新芽を摘《つ》んで、ゆでて刻んで冷凍しておく。

春先の若芽は素晴らしい。でも、子どもと一緒に摘むのなら、四月のやや成長した葉がいい。「葉の裏に白い毛」を見つけてさわり、「ほら、この匂《にお》い」と五感で記憶しやすいから(※)。

◇◇◇

娘が幼稚園生の頃、私は、今よりずっと忙しかった。そこで、思いついたのが、降園後、毎日日替わりで違うお友達の家に遊びに行かせ、後日、お返しに友達を呼ぶ時は、その子たちをいっぺんにわが家に招くという作戦だった。五日間お邪魔した五軒のお友達を五人一緒にお預かりすれば、一日で済む。

その日も、気立ての良い五人のお嬢さんが見えることになっていた。リビングで遊ばせながらケーキでも焼けばいい。

ところが、やって来たのは、九人。きょうだいで送り込んできたのだ。うちは、一人っ子なのに。やんちゃな男の子があいさつ代わりに頭突《ずつ》きを食らわしてくる。さすがに一人で十人の子どもを見るのは、きつい。

「何かあったら気軽に連絡してね」と言ってたママ友にヘルプのケータイを鳴らすが出ない。「ママ、どこか行った?」と聞くと、まさかの都内某所の店の名前。うぅ、高速に乗ったな。高飛びだ。

「おやつは、なあに?」

そう言われてひらめいた。そうだ、蓬園へ行こう。

◇◇◇

※ヨモギとよく似た猛毒のトリカブトは、白い毛がなく匂いが異なります。

子どもたちは、がやがやとヨモギを摘み、面白そうにおだんごをこね、おいしい、おいしいと言いながら、できたての草餅をほおばった。帰りがけに一人の子が言った。

「指がいい匂い」

「何の匂い?」とわざと聞くと、「春の匂い」。

ヨモギの花言葉は、「幸福、平和」。これだから、隅に置けない。

二〇一八年四月八日

タンポポ

綿毛たちの旅立ちに喝采

ダンデライオン。タンポポの英語名だ。語源はフランス語でライオンの歯（dent de lion）。葉っぱのギザギザがライオンの歯をイメージさせたらしい。

ライオンが百獣の王なら、タンポポこそが百草の女王。「タンポポ」などというお人よしそうな名前ゆえ、勘違いして侮《あなど》ることなかれ。かくいう私も丸腰で戦い、敗《やぶ》れた経験を持つ。

◇◇◇

娘を出産したばかりの頃のことだ。

友人は、コーヒー好きの私に「カフェインの取り過ぎはだめ。おっぱいをあげている間はこれで我慢して」とタンポポコーヒーなるものを手渡した。健康オタクで、産後は特に、「健康のためなら死んでもいい」くらいの勢いがあった私は、ありがたく頂戴《ちょうだい》した。タンポポコーヒーとは、タンポポの根を乾燥させ、焙煎《ばいせん》した粉末で、コーヒーのようにドリップして飲むことができる。でも、味は、いわゆるコーヒーとは全く別物。なんというか日なたのお味。だって、タンポポだもの。

当時、まだ数少ない自然食品店にしか置いてなくて、値段も割と高かった。でも、母乳の期間なんてあっという間と、途切れることなく買い足した。

ところが、娘は、三歳になっても、まだ母乳をたしなみ続けていた。ある日、公園の砂場でシャベル片手に遊んでいる娘を見て、良い考えがひらめいた。その辺に生えているタンポポの根を掘り出して自家製タンポポコーヒーを作ってしまおうと。

娘は、「えっ、タンポポ、掘っていいの？」とまだおっぱいを飲んでいるくせに分別臭《ふんべつくさ》く眉《まゆ》をひそめた。「それなら、ママが」と娘のシャベルを取り上げて掘り出したが、プラスチックのおもちゃシャベルでは歯が立たない。家から柄《え》の長い大きなスコップを持って来て、本腰を入れて二十センチ掘っても、掘り出すことができない。何という根の深さだろう。

「つよいその根は眼《め》に見えぬ。見えぬけれどもあるんだよ、見えぬものでもあるんだよ」(※)というフレーズがリフレインした。金子みすゞの「星とたんぽぽ」だ。すごいね、みすゞ。

結局、日が傾き、試合終了。私たちは、ただただ見掛けによらぬタンポポの根の深さに恐《おそ》れ入り、スコップと長い影をひきずって退散した。

それからというもの、タンポポに興味を持ち、子どもを遊ばせながら、観察するようになった。

日当たりのいい所では、茎《くき》を短くして地面すれすれに花を咲かせること。花がしぼむと茎はだらんと地面にうつぶせになり、種を作ること。やがて、種ができると、再び茎は起き上がり、前より高く背を伸ばすことなどを知った。

ある午後、強い風が吹くと、公園じゅうのタンポポの綿帽子《わたぼうし》が一斉に揺れた。ばらばらになった綿毛はつぎつぎに風に乗り、空へ舞い上がっていった。

その時思った。タンポポは、この瞬間のためにけなげに頑張ったのだと。

根を深く張り、重心低く注意深く花を咲かせ、何度踏まれても笑顔で起き上がったのも、自分一代のためでなく、次のタンポポたちのためだったに違いない。私たち親子は、両手で両耳を押さえながら、この綿毛たちの旅立ちに喝采《かっさい》を送った。

◇◇◇

あれから十五年。授乳期間はとっくに終わったが、また最近、タンポポコーヒーを飲んでいる。相変わらず、いいお値段だ。でも前ほど高いとは思わない。

爪のあかを煎《せん》じて飲むがごとく、タンポポの根っこを煎じて飲んでいるのだ。むしろ、安いかもしれない。タンポポのような人になれるなら。

二〇一八年四月二十二日

※『金子みすゞ童謡集』（角川春樹事務所）

母の日

感謝にふさわしい贈りものは？

娘の通うナニワの名門私立高校は、スーパーグローバルハイスクール（SGH）である。保護者としてその名を汚《けが》さぬよう、私も、スーパーグローバルなマザーたらんと頑張っている。

朝晩、BBC（英国放送協会）ワールドニュースを視聴しているが、連日、爆撃や銃撃の報道が後を絶たない。世界のどこかで常に紛争が起きてるなんて。テレビ画面から部屋へ火薬の臭《にお》いが流れ込むたび、むせ返る。

◇◇◇

母は、生きている。八十歳を過ぎてなお相変わらず逗子《ずし》海岸の近くで小さな本屋を切り盛りしている。朝から晩まで同じポーズでレジに座っているので、通りを行く人からは、蠟《ろう》人形《にんぎょう》じゃないかと思われたりもするようだが、本物だ。生きている。

そんな母に今年こそはと思いつつ、これぞという贈りものも思いつかない。何がほしいのと尋《たず》ねると、ニヤッと笑って、「世界平和！」とVサイン。思わず噴《ふ》き出したが、あとから、東京大空襲で父や兄を亡くした話を思い出す。まんざら冗談でもなさそうだ。

母の日の淵源《えんげん》をたどると、アメリカの南北戦争にいきつく。ここにルーツを持つのが五月の第二日曜日の母の日で、アメリカのほか、オーストラリアやイタリアもこの日である。

外国航路の船乗りの夫に頼んで、世界の母の日事情を取材してもらっ

たところ、思った以上にどこの国でも母への敬慕《けいぼ》が強かった。取材先は、アメリカ、イギリス、インド、インドネシア、コートジボワールなど十カ国、全員、船乗りのおじさんたちである。

真っ先にメッセージが来たのは、インドネシアで、冒頭から、「マザー・イズ・ナンバー・ワン！」。また、インドは、ムンバイとニューデリーと二都市の方に聞いたが、お二人とも、「毎日を母の日として祝福すべきだ」と主張。他の方たちも全員、母への感謝を表していた。

やはり、母とは、世界共通の偉大な存在らしい。ならば、と思う。もし、戦争をしていたとしても、母の日に当たる日は一時停戦とする取り決めをしたらどうか。

夫婦げんかをしている時に来客が来て、取り繕《つくろ》っているうちにだんだん冷静になった経験をお持ちではないか。幼い頃、きょうだいげんかをしていて、食事の時間となり、ご飯を食べているうちに戦意が喪失《そうしつ》した思い出はないか。停戦は終戦への呼び水にならないだろうか。

もっと言っちゃえば、母の日を世界共通の祝日に統一して、一時停戦を義務付けたい。たった一日ではあるけれど、世界から戦火を消すことができる。大いなる終わりの始まりの一日。お母さんへの感謝にふさわしい贈りものだと思うがいかがだろうか。

◇◇◇

娘から私への贈りものは、中学入学以来、合唱だ。親元を離れて暮らす下宿生たちは、日本各地のそれぞれの母たちに順番で電話を掛け、創立者作詞の「母」を皆で受話器に向かって合唱する。下宿の伝統だというが、毎年、感涙《かんるい》してしまう。

昨年、電話をスピーカーにして母にも聴かせると、けなげな孫たちの歌声にさすがに感動していた。ただ、どや顔の私には「やるね、タダで合唱のお取り寄せとは」と軽くジャブをいれることを忘れなかった。スーパーローカルな母はいつまでも手ごわい。

二〇一八年五月十三日

カミツレ

温かな励ましの香り

人生には、上り坂、下り坂のほか、もう一つの坂がある。それは、まさかという坂だ、と。

そう聞かされた頃、生意気盛りだった私は、韻《いん》を踏むのはやぶさかではないけれど、たまさか予期せぬことがあったにせよ、まさかは「坂」ではないでしょう、といささか興奮気味に〝さか〟尽くしで言い返したものだ。

けれど、昨年、人間ドックで引っ掛かり、再検査の結果、「悪性でした。がんですね」と医師から告《つ》げられた時、まさかはやっぱり坂だったかと思った。ヒトが真っ逆さまに転げ落ちやすい急勾配《きゅうこうばい》な坂だ、と。

◇　◇　◇

カミツレとは、ハーブの女王ことジャーマンカモミールの和名だ。四千年前から薬草として親《した》しまれ、かのクレオパトラも愛用したと伝えられている。

中心の丸く黄色い花托《かたく》を白い花びらが取り囲む、小さな可憐《かれん》なこの花のどこにそんなパワーが隠されているのだろうか。顔を近づけてのぞき込むと、甘いリンゴのような香りが鼻をくすぐる。

カミツレと初めて出合ったのは、『ピーターラビットのおはなし』(※)という絵本の中だ。作者ビアトリクス・ポターの描《えが》く繊細《せんさい》で美しいうさぎをご存じの方は少なくないだろう。けれど、ピーターのお母さんについては、あまり知られていないのではないか。物語の中で、夫うさぎは、マグレガーさんという農家の奥さんに「にくのパイ」にされたとあり、壮絶な体験の持ち主である。女手一つで雑貨屋を営《いとな》みながらピーターたち四匹の子どもを上手に育てている。

このお母さんうさぎが、食べ過ぎでおなかを痛がるピーターに飲ませたのが、「かみつれのせんじぐすり」である。原典では、「カモミールティー」だが、当時まだあまり日本でハーブティーが知られていなかったから、あえて「せんじぐすり」と訳《やく》したのかもしれない。

※ビアトリクス・ポター著『ピーターラビットのおはなし』(福音館書店)

まさかのがん宣告であれよあれよという間に外科手術を二度受けた私が、病院から、保湿効果がありますよ、と勧《すす》められたのは、カミツレ全草のエキスを抽《ちゅう》出《しゅつ》したという浴用剤だった。私にとっての「かみつれのせんじぐすり」である。

浴槽《よくそう》に入れると、お湯に溶けて淡い琥珀色《こはくいろ》になり、湯気とともにふんわりと優しい香りが立ちのぼる。いままでこのお風呂の中で何

度泣いただろう。悲しくてではない。カミツレの香りが温かな励ましを思い出させ、ありがたいなと感極《かんきわ》まってしまうのである。まさかの幸福感だった。

◇◇◇

やたらと「勝ち組」「負け組」に分類したがる人たちがいる。そんな人たちに、もう一つあるよ、と教えてあげたい。それは、「負けじ組」で、アタシも組員の一人なのよん、って。

最近、カミツレの花言葉が「逆境に負けない強さ」だと知り、驚いた。ピーターラビットのお母さんは、この花言葉を知っていただろうか。彼女に、苦労の一端を尋《たず》ねたら、なんと答えるだろう。

形のいい二つの耳をぴんと伸ばして、こんなふうに言うんじゃないかな。「いえいえ、いつだってうさぎの上り坂ですよ」と。誰よりも負けじ組組長にふさわしいお方に違いない。

二〇一八年六月三日

ホタル

川沿いの光　幸せな気持ちに

ドラマ『北の国から』で田中邦衛《くにえ》演じる五郎さんの真似《まね》して呟《つぶや》いてみる。

「ほ、ほたるぅ」

娘に名づけるなんて、どれだけホタルが好きなんだろう。

名前こそ付けなかったが、私だってホタルが好きだ。

ある夏、三歳になったばかりの娘にどうしてもホタルが見せたくなり、生活費をきりつめて親子二人で北海道へ飛んだ。

旅行代理店の担当さんから「お客さま、ツイてますね。例年ですとすでに満席なのですが」と言われ、母子でとったガッツポーズ。ところが、突然の豪雨続きでホタルを一匹も見ることなく帰宅することに。

「ツイてる」とは、「憑《つ》いてる」の意味だったのか。いつからか、運がいいというのを「持ってる」と言うようになったが、ワタシ、漏《も》ってるかも。

◇　◇　◇

住まいのある神奈川県逗子《ずし》市内でも鑑賞できると知ったのは、豪雨の北の国から戻った直後だった。わが家からちょうど東と西へそれぞれ自転車で十五分ほどの二カ所の川沿いだ。先日、東の川沿い近くに住むセンパイが、「大雨で幼虫が流されちゃったらしいのよ。今年、ダメかも」といつになくしんみりしているので、一緒に西へとお誘いした。すると、「いやいや、東西ハシゴで」とのことで、ファンタジー系の私、ビール大好き納涼系の夫と夜店系センパイの三人組でまずは西から。雨上がりのもわっとした草いきれにむせつつ、西の川べりに足を踏み入れると、たくさんのホタルたちが一斉に揺れ、光の点滅を繰り返していた。

「星くずのユニホームを着た日体大の集団行動や！」

ツレたちが喜びそうなホタレポ（ホタルレポート）をしてあげたが、返事はない。見ると、すっかり心奪われた様子で、「きれいだ」「すごい」と上《うわ》ずっている。こんな人たちまで感動させるなんてすごいぜ、「ほ、ほたるぅ」。

次は東へ。川沿いをゆっくりと歩むが予想通りの真っ暗闇《くらやみ》。あきらめて帰ろうとした時、橋のたもとからぽわ～んと揺れる光が近づいて来た。一匹狼《おおかみ》ならぬ一匹ホタルである。アリアを歌うオペラ歌手のように気高《けだか》くゆったり堂々と。夜空の星の瞬《また》きとともに奏《かな》でる美しい調べにうっとりとした。

「夏は夜。月のころはさらなり、闇もなほ、蛍《ほたる》のおほく飛びちがひたる。また、ただ一つ二つなど、ほのかにうち光りて行くもをかし」。『枕草子《まくらのそうし》』の一節を時を超えて味わった。

◇◇◇

「ハリー・ポッター」に夢中だった娘から、「ホタルって妖精？」と尋《たず》ねられ、深くうなずいた夜が懐かしい。

「ぜったいホグワーツ魔法魔術学校に入る」と宣言していた彼女は、今、ナニワきってのＳＧＨ（スーパーグローバルハイスクール）でお世話になっている。

「今年も学校にホタルいっぱい、すごくきれいだったよ」と興奮していた。

ほうきで空を飛びそうな勢いで。

目を閉じると、あの川沿いのホタルの光がじわっとにじむ。たまらなく幸せな気持ちになり、ちょっと鼻にかかった高い声で「ホタルはリバーサイド」と歌うと、夕闇を待たずとも心の岸辺《きしべ》に火がともった。さぁ、今日も、持ってないぶん、盛《も》っていこう。

二〇一八年六月二十四日

紅しょうが天

ほんまもんのオーラ

「みんなのお母さんのことは、『○○さんのお母さま』って呼ぶのに、うちだけ『橋出《はしで》さんのおかん』って言うんだよね」

大阪の高校に通う娘が、春休み、下宿からわが家に帰省した際、十日間ほど地元神奈川の予備校に通った。その時の講師とのやりとりだ。

娘は、「なんでうちだけおかん？　私が関西の高校に行ってるからですか？」と聞き返したと言う。

すると、「お母さまは、関西のご出身でしょう」というので、「いいえ、母はずっと神奈川県です」ときっぱり否定したところ、「キミが知らないだけよ。大阪のお生まれのはず」と断言されたそうだ。

なぜ、一度しか会ったことのない予備校講師に出生の秘密まで妄想《もうそう》されてしまうのだろう。思い当たることといえば、春期講習の受講料を値切ったことくらいだ。

もし、もう一度、彼に会うチャンスがあれば、ヒョウ柄《がら》の服などさらりと着こなして、完全無敵なおかんを演じてみたい。大阪好きとしては、うれしすぎてたまらない。

◇◇◇

「学校近くのスーパーのフードコートでランチせーへん？」

誘ってくれたのは、娘の同級生ママのタマちゃん。大阪北部地震(※)から四日後、私は震源地に近い交野《かたの》市にある娘の高校の授業参観に来ていた。タマちゃんのお宅も震度六弱でぐらぐらに揺れ、棚からいろんなものがいっぱい落ち、ぐちゃぐちゃになったそうだ。それを一日で片付け、「遠くから来て疲れてはるでしょ？　うちに泊まっていかへん？」と旅人の私の心配までしている。強くて優しいおかんである。スーパーのお惣菜《そうざい》売り場を眺《なが》めていると、天ぷらコーナーで目がくぎ付けになった。

「これやこれや」

にわか関西弁で大興奮したのは、かつてテレビドラマで見た通称「紅天《べにてん》」。

※２０１８年６月１８日に発生した地震。大阪府北部を震源として、地震の規模はマグニチュード6.1、最大震度６弱を観測した。

紅しょうがの天ぷらである。昭和十五年（一九四〇年）に書かれた織田作之助《おださくのすけ》の『夫婦善哉《めおとぜんざい》』(※)の冒頭にも登場する。今回初めて見た実物は、期待以上にパンチの効《き》いたルックスだった。

牛丼に乗せるような千切り状の紅しょうがではなく、丸ごとをスライスした大きな三枚が串に刺されている。にじみでた紅で串まで真っ赤だ。「しょうがだけに、デンジャラスならぬジンジャーラスやで」というボケツッコミが脳内でエコーする。

一本七十六円。買わずにはいられない。大阪土産にまとめて買って帰りたいくらいだ。

食べてみると、見事なボディーブローがじわじわと効いてくる。一言で言うと、辛《から》くて酸《す》っぱい。天ぷらである前に漬物であるし、そもそも付け合わせのはずの紅しょうがをメインで食すという冒険だという事実をゆめゆめ忘れてはならなかったのだ。いかん、油断してもうた。にわかおかんは、もうあかん。そんな私をタマちゃんは不思議そうに見ながら言った。

「関東にないなんて知らんかったわ。こんなん当たり前やん」
大阪育ちほんまもんのおかんのオーラが紅色に乱反射した。

◇◇◇

昔、娘が幼稚園の入園を控《ひか》えたある日、私が、「もう幼稚園に入るのだから、ママでなくてお母さんと呼んでね」と言ったのだそうだ。娘は、「ママ」と言いそうになると、「あっ、違う、お母さん」と言い直したりして、やっと、「お母さん」と呼べるようになった。すると、「やっぱり、ママの方がかわいいから、ママに戻して」と私が申したらしい。なんともひどい話で、反省しきりだ。

そんな娘も来春、高校を卒業する。この際、わがままついでに、今度こそママと呼ぶのを卒業して、いっそ、「おかん」と呼んでもらおうか。

私もまた、ひねたしょうがが悔しそ酢に漬かって美しい紅しょうがとなり、さらに衣《ころも》がついて天ぷらとなるがごとく味わい深い飛躍《ひやく》をはかりたい。

二〇一八年七月八日

※『ちくま日本文学全集54　織田作之助』（筑摩書房）収録

スイカ

ファンキーな母の思い出

鎌倉で生まれ、隣町の逗子《ずし》で育った私にとって、スイカといえば、三浦スイカである。三浦スイカは、大きければ大きいほど甘くてうまいと言われているせいか、思い出の中のスイカは、果てしなくワイルドだ。そして、そこには一九七〇年代ファッションで固めた恐《おそ》ろしくファンキーな母がいる。

◇◇◇

夏になると、母は、まるでカブトムシを育てるかのように、子どもたちに毎日、三浦スイカを与え続けた。おかげで、熱中症にもならず、元気いっぱい夏休みを過ごす。ところが、スイカの季節が終わりに近づくと、なんとなくブルーになる。シーズンオフの昆虫のように。

そんなある日、母が、私たちに言った。フリーザーに大事なものを入れたから、決して開けてはならないと。一体何を入れたのだろう。気になって仕方がない。数日後、こらえきれずに、のぞくと、小玉スイカが一つ横たわっていた。

そういえば、いつだったか、私が年中スイカを食べられたらいいのにと言ったら、母が、「冷凍ミカンみたいに、冷凍スイカがあればね」と呟《つぶや》いたのだ。母は、冷凍スイカを開発するつもりなのか。秘密裏《ひみつり》にそれを実行したのは、私たちへのサプライズか、それとも自分だけのお楽しみか。思い切って尋《たず》ねると、「お正月に食べようじゃないの」とにやにやした。小学校で友達に話すと、「おまえの母ちゃん、すげーな、ユリ・ゲラーじゃん」(※)ということになり、フリーザーから取り出す瞬間に立ち会いたいという。母は、「それじゃあクリスマスね」と予定を繰り上げ、カウントダウンが始まった。

同級生三人を迎えた聖夜、母が厳《おごそ》かにフリーザーから取り出したものは、びっしりと白い霜《しも》で覆《おお》われ、一目では何だか分からない。

お盆《ぼん》の上にその冷凍物体を載《の》せると、一同、居間へ。

私たちは、十分おきに順番で解凍具合を見に行き、報告し合った。

※超能力を持つとされる人物で、日本における超能力ブームの火付け役となった

何分たったことだろう。弟の悲鳴《ひめい》が台所から聞こえた。急いで駆け付けると、お盆の上に薄緑《うすみどりいろ》色したしなびたキュウリの親分の亡骸《なきがら》があった。皆、言葉を失った。母は、それをつかむと、ごみ箱にシュートし、叫《さけ》んだ。「ハイ、実験終わりィ！」

◇◇◇

ハービー・ハンコックの名曲「ウォーターメロン・マン」(※)は、ハンコック氏が少年時代を過ごしたシカゴの思い出をもとに作られた。荷馬車でがたごとスイカ売りがやってくると、家のベランダから、おばさんたちが決まって、「おーい、スイカ屋さん！（ヘイ、ウォーターメロン・マン）」と声を掛ける。それを曲のメロディーにしたのだそうだ。当時の黒人とスイカを揶《や》揄《ゆ》する人種差別的な風潮にも一石を投じた。

私事で恐縮だが、もうすぐ誕生日だ。ご近所の八百屋《やおや》さんのとびきりおいしい三浦スイカを予約した。「ウォーターメロン・マン」をフルボリュームで流し、踊《おど》り、よく冷えたスイカをいただく「スイパ」（スイカパーティーの略）を企画している。ファンキーなＤＮＡに感謝しながら、スイスイ果《か》敢《かん》にトシをとりたい。

二〇一八年七月二十二日

※1962年リリースのアルバム『Takin' Off』に収録

桃

皮つきのまま丸ごと？

どんぶらこ、どんぶらこ。

うっとりするほど甘い香りの桃が、毎年、実家経由で流れてくる。山梨県笛吹《ふえふき》市の竹下さんの浅間白桃《あさまはくとう》だ。

今春、ちょうど桃の花盛りの頃、その〝源流〟にあたる果樹園にお邪魔した。遠く南アルプスの山々を背景にピンクの愛らしい花々が咲き誇《ほこ》る美しさは、まさに桃源郷《とうげんきょう》。けれど、私を本当にシビレさせたのは、竹下オーナーの次の一言だった。

「実ったら、またおいで。ここで一日好きなだけもいで、食べたらいい」

一日無制限、食べ放題とくれば、日の出とともにはせ参じ、深夜まで堪能《たんのう》し尽くしたい。桃の木一本丸ごと味わい倒さんばかりの情熱がふつふつと湧《わ》き上がった。

そして、とうとう待ちわびたシーズン到来。ところが激痛とともに腕が上がらない。年末の手術の後遺症《こういしょう》か、はたまた、重度の五十肩か。桃狩りにまさかのドクターストップがかかり、リハビリセンター送りとなった。

◇◇◇

産地直送で届いたばかりの浅間白桃の箱を開けながら、竹下さんから教わった食べ方〈三箇条〉を復唱する。

〈その一〉せっかくのもぎたて、すぐに食べるべし。固くていい、固いのがいい。

〈その二〉冷やすのは一時間までにすべし。冷やし過ぎない。

〈その三〉水で洗って、皮つきのまま丸ごと食らうべし。皮と実の間に旨《うま》味が詰まってる。

この三点、産地では、当たり前のことだという。

私が引っ掛かったのは、皮つきというところだ。このトシになってかわいい子ぶるわけではないが、桃やキウイを皮ごと食べたことは一度もない。

キウイほどではないが、桃だって割と毛深いじゃないの。桃の語源は「毛々」だといわれているくらいだ。でも、まずは、トライ。

きっちり一時間冷やした桃を丁寧《ていねい》に水で洗う。洗っているうちに産毛《うぶげ》が落ちてすべすべに。思い切って丸ごとかじりつくと、あぁなんという上品な甘さ。さわやかな後味。やがて、馥郁《ふくいく》とした果汁《かじゅう》の濃いエキスが肺腑《はいふ》に染《し》み渡りゆくのを感じる。

昔、原産地の中国で、桃は、不老長寿の仙人の果実と呼ばれていたと聞く。天界の桃園の番人だった孫悟空《そんごくう》がひそかに食べ尽くしちゃった気持ちすら分かる気がした。

◇◇◇

「職務質問みたい」と娘に呆《あき》れられているが、初対面の人に、ついつい「どちらにお住まい?」などとすぐに尋《たず》ねてしまう。

先日も、リハビリ担当の天然っぽい素朴《そぼく》な好青年に、出身地を尋ねると、山梨だというので、「あら、山梨のどちら?」とさらにしつこく聞くと、「南

アルプス市です」。

カランカランカランと福引《ふくびき》の一等賞のカネが鳴り響《ひび》くとラップ調にドンブラコドンブラコと脳内ミュージックが炸裂《さくれつ》した。

激しく喜ぶ私に驚いている青年に、間髪《かんはつ》入れずに尋ねた。

「ねえ、桃ってどうやって食べる?」

すると、「えっ、普通に食べますけど。水道でジャーッと洗ってそのままガブっと」と不思議そうに答えた。

なぜかリハビリ担当医までが産直(産地直送)とは。今、彼を〝南アルプスの天然先生〟と慕《した》い、来シーズン捲《けん》土重来《どちょうらい》産直入りを目指し、調整中なのであった。

二〇一八年八月十二日

ヒグラシ

心ときめくネーミング

とにかく暑い夏だった。

海岸へと続くわが家の前をカラフルな浮き輪などを携えた海水浴客がそぞろ歩く。しかし、わが家は――。

受験生の娘が問題集の上に突っ伏《ぷ》して、「眠いよ～」とうめき、さらに暑さを増す。「若いんだから、しゃきっとせい！」と一喝《いっかつ》すると、「高校生というのは、生物学的に一番眠い年頃なの、知らないの？」などともっともらしいことを言う。

そういえば、高校時代、誰が付けたか、「セミ」というあだ名の数学教師がいた。授業中、ずっとセミのように黒板に張り付き、ただひたすらチョークを走らす。ほとんど生徒の方へは振り向かない。居眠りするには好都合だった。

ところが、同窓会で理系の秀才君たちに会ったら、セミ先生を絶賛するではないか。「あのひたむきさは、数学への愛だね」だなんて。セミとは、ひたむきさの異名だったのか。

寝ている場合ではなかったかな。

◇◇◇

ヒグラシは、秋の季語である。一年を七十二の季節に分けた旧暦七十二候《しちじゅうにこう》では、立秋《りっしゅう》の次候を「寒蝉鳴《ひぐらしなく》」（ヒグラシ、なきはじめる）という。「ヒグラシは梅雨《つゆ》明けからすでに鳴き続けているのだから、季節的にはツクツクボウシなんじゃないの」との指摘もある。確かに、「オーシィツクツク」という鳴き声は、夏休みの終わりを告《つ》げるチャイムのようだ。

とはいえ、日本人として思い入れが強いのは、やはりヒグラシの鳴き声だろう。カナカナカナと清涼感のある高い声で鳴き、人々をちょっと内省《ないせい》的《てき》にさせる。夕方、どこからか、かすかに聴こえてくることがある。そんな時は、思わず立ち止まってしまう。耳を澄《す》ますと、懐かしい晩夏のたそがれ時の思い出が一瞬にしてよみがえるから不思議だ。昔も今も、この声が心身の火照《ほて》りをクールダウンしてくれる。

日が陰《かげ》ったり、気温が低くなると鳴き出すそうで、夜明けにも鳴くらしい。でも、それをキャッチしたとしても、私などは、スーパーの閉店時にかかる「蛍《ほたる》の光」や「遠き山に日は落ちて」がパートさんのミスで開店時に間違って流れたような違和感を覚えるだけだろう。

◇◇◇

話題の映画『カメラを止めるな！』を観たら、劇中の主人公の姓が日《ひ》暮《ぐらし》で驚いた。役どころはホラー映画の監督である。

それにしても、ヒグラシというネーミングには、心ときめいてしまう。日を暮れさせるなどという幻想的で遠大な名前をこの小さなセミに一体誰が付けたのだろう。

あるアメリカ映画で、男が、「悲しくなったら必ず雨が降らないか？」と若い女の子に尋《たず》ねる場面がある。女の子が、「雨が降ると気がめいるものよ」と答えると、「違う。キミがザルタ星人だからだ。キミが悲しむから雨が降る」と本当は宇宙から来たお姫さまだと明かす。これと同じ世界観か。

もしかしたら、鳴きだすことで日を暮れさせるシステムが内蔵されたエイリアン（地球外生命体）ヒグラシも一匹くらい送り込まれているかもしれない。

日暮れ時、ヒグラシの鳴き声を浴びに行こう。うまくゆけば、エイリアンのヒグラシから、そのひたむきさをわが身にインストールできるかな。

カナカナカナカナ……。

二〇一八年八月二十六日

潮風

中秋の名月

「お月さまがついてくるよ」

無料の二文字に弱い。何であれ、とりあえず胸が高鳴る。

だからというわけではないが、夜空に煌々《こうこう》と輝く月を見ると、無性《むしょう》に感動する。この美しさが無償《むしょう》だなんて。一晩中、無料見放題だと思うと、うれし過ぎて寝つけなくなる。あぁ、タダより貴《たっと》いものはない。

もうすぐ中秋《ちゅうしゅう》の名月だ。学生時代、ちょこっと香港《ホンコン》に留学し、中華圏三大行事の一つでもある中秋節をちょこちょことかじった私は、チャイニーズスタイルで名月を堪能《たんのう》する。

そもそも、日本のお月見文化のルーツは、中国の唐時代にあるので、本場仕込みと言えなくもない。

◇◇◇

中秋節は、国民の祝日でもあり、日本の中秋の名月とは比べようもないほど大きなイベントだ。とはいえ、大切なのは、当日までのワクワク感だと思う。ちなみに、今年の中秋の名月は、九月二十四日（満月は翌日午前十一時五十二分）。その日に向かって、毎晩、夜空を見上げ、月が満ちていく姿をめで、その行程を楽しみたい。

「残念ながら、今年の中秋の名月は雨の予想です」と仮に気象予報士に言われたとしても、ひるまない。満月は見られなかったとしても、そこに向かうまでの月も十分に美しいのだから。

十三日目の月こそ十七歳の乙女《おとめ》と同じように最も美しいと歌うのは、沖縄民謡『月《つき》ぬ美《かい》しゃ』。また、ユーミンこと松任谷由実《まつとうやゆみ》は、恋愛を月に例えて、満月になると欠け始めるから、告白寸前の「十四番目の月」がベストだと歌っている。

満月は、半月の二倍明るいのではなく、十倍明るいのだという。満月に向かって、夜ごとぐんぐんと明るく美しくなる月を見逃したくない。

こうしたカウントダウンのワクワク感を盛り上げるアイテムが月餅《げっぺい》である。日本の月見団子《だんご》にあたるが、中国では親族や友人へのギフトとして街中に飛び交う。私にも香港の友人がプレゼントしてくれた。チャンスがあれば、このシーズンだけ売り出されるアヒルの塩漬け卵入り蓮《はす》の実あんの中秋月餅をお試しあれ。これを家族でケーキのように切り分けて皆でいただくのが、本場の習わしだ。微妙な大きさではあるが、一人でガブッと食べてはならない。桃は、丸ごとかじろうとも、月餅は、包丁で丁寧《ていねい》に切り分けるのだ。

◇◇◇

「ママ、お月さまがついてくるよ」

中秋月餅を切り分けながら、幼い日の娘の言葉を思い出した。私の切り分け方がうまいのか、そもそも卵の配置が巧《たく》みなのか、放射状に切るたび、切り口から満月のような卵が顔を出す。

あの頃は、小さな娘を乗せた自転車を永遠にこぎ続けるかのように思えたが、光陰《こういん》矢の如《ごと》し。一人で自転車に乗れるようになったかと思ったら、いつの間にか、自動車免許が取れる年になっていた。気付けば、私は、一人寂《さび》しく月を見ながら、月餅を食べ過ぎ、太っていく。

そうぼやくと、友人A子は、「お月さまと一緒に満ちて、何が悪い!?」と豊満なボディーを豪快に揺すって笑った。
私は「A子さんは、月より先に満ちてますけど」と言いそうになり、口を押さえた。そんなこと言ったら、タダでは済まないから。

二〇一八年九月十六日

ギンナン

果肉の部分を食べてみたら…

ギンナンを拾いたくなるかどうか。これは、オバさんか否《いな》かの踏み絵だと思う。

いつの秋からだろう。今まで鼻をつまんで足早に通り過ぎていたイチョウ並木の異臭に、あえて近づくようになったのは。

そんなある日、娘の幼稚園の若くてかわいいママ友から、「ウチにギンナン拾いに来てもらえる?」と遠慮がちに聞かれた。私は、一瞬戸惑った。なぜ、すまなそうな顔して誘うのか、と。

「えっ、もしかして、入場料を取るの?」

「やだぁ、ありえない。ロンちゃん(娘のあだ名)ママったら面白過ぎ~」

彼女は、私をポンポン叩《たた》きながら、きゃっきゃっと笑った。子ども同士は同い年でも、母同士の年齢には若干の開きのある私たちだった。

◇◇◇

彼女の家は、お屋敷の広大なお庭の一画にあった。お屋敷は、大家さんが別荘代わりにしているという。もともとは、大家さんの曾祖父《そうそふ》さまのお住まいだったそうだが、その名を聞いてびっくり。なんと明治の大文豪ではないか。

青空にすっくと伸びた見事なイチョウの木。宮沢賢治の「いちょうの実」(※)で描《えが》かれる、千人の黄金色《こがねいろ》の子どもを産んだおっかさんの木を思わせるたたずまいだ。樹齢は何年だろう。

しかし、そんな秋を堪能《たんのう》する間もなく、「くっせえなぁ」、「だれかウンコもらしただろ」などとやんちゃな男の子たちの大ブーイングが始まった。子ども九人と母五人。仕切り上手の同世代ママが、「ハイハイ、そんなことは分かってますよ」とばかりに、紙のマスク、ビニール手袋とファスナー付き保存袋を全員に配り、ギンナン拾いの手順を指南する。

※『注文の多い料理店——宮沢賢治童話集１』（青い鳥文庫、講談社）収録

これでなんとか良いスタートがと思った矢先に「食べ物なのに、なんでこんなに臭《くさ》いの？」と叫《さけ》んだのは、わが娘だ。目には、苦悩の色をにじませている。皆の視線が私に注がれ、苦し紛《まぎ》れに口火を切った。

「この臭《にお》いは、恐竜が好きな臭いなの」。その時、「恐竜」という言葉に子どもたちの瞳《ひとみ》がキラリと光った。ここぞとばかりに、イチョウは、「生きた化石」といわれているくらい太古《たいこ》の昔からあること、木として成長するには親の木から離れたところで育つ必要があることなどを説明した。

「そこで、恐竜に実を食べさせて、運ばせて、フンから芽を出す作戦を取ったわけ」。「だから、恐竜になった気持ちで拾おうよ」と呼び掛けた。

すると、今度は、熟《う》れた実の捨てる果肉の部分を食べてみたいという声が挙がった。いかん、本当に恐竜の気持ちになってしまった。

でも、待てよと思う。もしかしたら、ドリアンのような珍味かもしれない。好奇心から私がお毒味を買って出た。

実を割って、恐《おそ》る恐る舌先でなめてみる。あれ、普通に割といけるかもと思った瞬間、強烈なえぐみが襲《おそ》いかかった。タチの悪い渋柿の味だ。むせ返り、「お水頂戴《ちょうだい》」と叫んだが、演技だと思ったのか、家主の若いママは、ただきゃっきゃと笑っている。私は、ひたすらギンナンによる受難《じゅなん》に身もだえた。

◇◇◇

数日後、幼稚園バスのバス停で、一番元気な男の子が、一緒に拾ったギンナンをきれいにして私にプレゼントしてくれた。そのママいわく、「『文豪の家のギンナンだから、食べたら文章がうまくなったりして』って言ったら、この子が『それなら、ロンちゃんママにあげたい』って」。

私は、ありがたく頂戴し、翡翠《ひすい》色のモチモチしたギンナンを程よく焼いておいしく食べた。

ただ一度にたくさん食べ過ぎてしまったことが、文豪への道をさらに遠ざけたのかもしれぬ。ギンナンは、決して食べ過ぎてはならないのである。

二〇一八年十月七日

草もみじ

足下彩る秋のひそやかな楽しみ

台風一過の朝。

いつものように、眠い目をこすりながら一歩踏み出し、足がすくんだ。うちの三階バルコニーの周囲をおおっていたはずの柵《さく》がない。危うく道路にダイブしかかった。

台風二十四号チャーミーは、木造三階建てのわが家の二階、三階のデッキの手すりをまるまる吹き飛ばした。おまけに、小さな庭のオリーブや月桂樹《げっけいじゅ》、ローズマリーなどを一夜にして全て茶色くした。気持ちを落ち着けようとガーデンチェアに腰掛けたら、後ろに倒れた。ご丁寧《ていねい》に背もたれまで吹き飛ばしていたのだ。

〝なぎさハウス〟。この家が建った時に私がつけた愛称だ。家の中でSNS（ソーシャル・ネットワーキング・サービス）に書き込むと、現在地が〝逗子《ずし》海岸〟と表示される。設計をした幼馴染みの「ヤナギサワ」くんの姓の真ん中には〝ナギサ〟が隠れている。さらには近所にあった〝なぎさホテル〟へのオマージュでもある。そういうわけで、一夜にして〝なぎさ〟の解放感はいや増した。

◇◇◇

澄《す》み渡る空にうろこ雲。日に何度も天を仰《あお》ぎたくなるこの季節、足下が静かに〝燃えて〟いることにお気付きだろうか。

雑草が紅葉している。草もみじである。山を彩《いろど》るカエデやツタだけがもみじじゃないんです。

このことを教えてくれたのは、幼い娘の友達だった。その頃、子どもたちの集団がわが家に頻繁《ひんぱん》に遊びに来ていて、皆でよく散歩に出掛けた。元気の良過ぎる子どもたちを見失わないように引率するのは、ひと苦労で、気分はまるで羊飼い。ある時、道端でしゃがんでいた子たちが叫《さけ》んだ。

「猫じゃらしが赤くなってるよ」

足下に目をやると、エノコログサが穂先まで赤い。

「ほら、こっちも」

娘が指さしたのは、ドクダミの葉だ。花の終わったドクダミの葉が赤や黄色のまだらに染《そ》まっている。匂《にお》いさえなければ、ドクダミとは気付かぬほど見事なお色直しだ。

ご存じの童謡《どうよう》「ちいさい秋みつけた」。サトウハチローは、自宅のハゼの木の紅葉を見つけたことがこの歌の作詞のきっかけだと語っているが、「ハチローセンセ！　それよか、もっとちっさッ秋、ここにおますで。見っけましてん」となぜか俳優・竹内力《りき》調の関西弁で自慢したくなった。

道草好きの視線の低い子どもたちは、路傍《ろぼう》の千草の紅葉を見逃さなかったのだ。羊飼い冥利《みょうり》に尽きる。

それからというもの、日常をそっと彩る草もみじ狩りは、私の秋のひそやかな楽しみの一つとなった。

夏には、家の外壁にまとわりついてうっとうしいヘクソカズラなんかもほんのりオレンジに色づくと、愛《いと》おしい。ところが今秋は、すでに枯草《かれくさ》のていだ。これまたチャーミーの仕業《しわざ》である。

◇◇◇

のぎへんに火と書いて秋。

穀物に付く害虫を火で焼くというのが、字源ではないかといわれている。

そんな季節にふさわしく、浮世《うきよ》の旅路《たびじ》の果てに、自分を内側から燃やして輝くのが紅葉とはいえまいか。心に迫るものがあるのは、名もない草であっても、命懸けだからだろう。

かくなる上は、私もここ〝なぎさハウス〟で、「人もみじ」として輝こう。内なる心の炎は、どんな巨大なハリケーンにだって吹き消せないのよ、チャーミー!

二〇一八年十月二十八日

干し柿

〝果物高見えの法則〟で箱に

なぜ、見栄《みえ》を張りたくなるのだろう。

待合室でたまたま若い女性向け雑誌を開いたら、「高見え」という文字が躍《おど》っていた。安い服を実際の値段以上に高く見えるように着るためのコーディネート企画だ。へぇ、アタマいいなぁと思う。

バブル期に二十代のイケイケ雑誌編集者だった私は、見栄張って、本当に高いデザイナーズやブランドの服を着ていた。それなのに、周囲の人々からは、いつも実際の値段より安く「査定」され、駅のトイレで泣いたこと数知れず……。しかしながら、そうした風雪にさらされ、今、味わい深い五十代へと成長した。そう、嚙《か》めば嚙むほど甘味の出る、ドライフルーツ的仕上がりだと自負《じふ》している。

◇◇◇

干し柿作りにも、冷たく乾いた風は欠かせない。

十五年前の晩秋、無農薬野菜の宅配カタログに、「干し柿キット」なるものを見つけ、面白がって取り寄せた。箱を開けると、奈良の法蓮坊《ほうれんぼう》という小さめの渋柿二十五個と、つり下げるための細いわら縄、作り方マニュアル一枚が入っていた。渋柿の皮をむき、ヘタを切り、ヘタの上に残された小さなT字の枝を縄目をよじり開けて差し込んでいく。一本のわらに五個ほど柿を差し込み、わが家二階リビング脇《わき》のベランダの物干し竿《ざお》にぶら下げていく。

まだ三歳だった娘も作業を一緒にやりたがった。縄目に軸枝《じくえだ》を差し込んでいく作業を教えたところ、小さな細い指がピンセットのようで、素晴らしい。

一週間たったら、実をもみほぐし、仕上がりを待てばいい。なんだ、簡単じゃん。初心者のくせに、思い上がった私を黒い影が襲《おそ》った。

「ママ、あいつだよ、ぜったい」

娘は、食いちぎられた柿を拾いながら、向かいの電柱を指さした。カラスがこっちを見ている。マニュアルにない非常事態だ。さあ、どうする？こんな時は、そうだ、かかしだ。

ハロウィンで娘が着た魔女の衣装を思い出し、ぬいぐるみに着せてベランダの軒先《のきさき》につり上げようとしたところ、娘が泣いて嫌がる。だったら、自分が着ると言いだした。干し柿のすだれの横で、小さな魔女になってカラスをにらみつけている彼女の姿が忘れられない。

それからも予期せぬ大雨に襲われるなど、何度か大慌《あわ》てしたが、おいしい干し柿ができた。このなんちゃって干し柿は、ママ友の間で話題になり、翌年はたくさん取り寄せて、みんなでこしらえることに。十年近くわが家の晩秋の恒例行事となった。

◇◇◇

いつだったか、ご近所の集まりに急に誘われて、何か手土産をと室内を見回すと自家製干し柿が十三個ほど残っていた。籠《かご》にかわいい紙ナプキンを敷いて干し柿をどさっと入れた。

すると、娘が、「こっちの方が良くない？」とお中元のそうめんが入っていた小さな桐《きり》の箱を持ってきた。彼女は、相変わらずまだ小さな手で、あれよと言う間に、干し柿を箱に敷き詰めるように縦横合わせて十二個整然と並べると、余った一つをパクッとかじった。

一体いつどこでこの〝果物高見えの法則〟を学んだのか。あな恐《おそ》ろし。ならば、母も負けじと半紙を取り出し、箱のふたにかぶせる「のし」の作成を決意。筆ペンで、「御干柿」としたためた。妙に力《りき》み、柿の字の最後の一画の縦のはらいがやたらと太く長くなってしまった。これでは、「ええい、どうよ」とまるで歌舞伎の大見得《おおみえ》を切っているようではないか。ミエを切ったり、張ったり、もはや見え見えなのであった。

二〇一八年十一月十八日

冬リンゴ

凛とした果汁は、太陽の力で

新宿発松本行きの特急に乗る時、決まって「あずさ2号」を口ずさんでしまう。ちょっとセンチな昭和のオンナ、リンゴ狩人《かりうど》です。

今回、松本在住の若手文筆家のMちゃんのご紹介で地元のリンゴ農家さんを訪《たず》ねることに。

「たよりさん、もうすぐ信州で一番おいしいリンゴが採《と》れたら送りますね」。Mちゃんから連絡をいただいたのは、まだ実りの秋が始まったばかりの頃だった。

「サンふじと言って、ちょうどよく甘くて酸《す》っぱくてシャキシャキしていて。地元の人たちは、いろんな品種の最後に、このリンゴが採れるのをずっと待っているんです」と弾《はず》む声。でも……。

「それ、送らなくていいから」

「えっ？」

「私がそちらへ参ります」

ということで、ワクワクリンゴ狩りの運びとなったが、「あずさ2号」の歌詞に引きずられ、気分はちょっと逃避行。

◇◇◇

「ふじ」と「サンふじ」の違いは何か。実に袋を掛けて育てたのが「ふじ」なのに対して、掛けないで育てたのが「サンふじ」。サンとは太陽。どうりで、この胸に染《し》み渡る凛《りん》とした果汁《かじゅう》は、太陽の力《ちから》なのだ。

このリンゴが、トリを取るように晩秋に出て来て、冬の間の「医者知らず」としても愛される。「リンゴは手間が掛かるよ。放っておくとすぐにボケてしまう」と農園主の中沢さん。

「こんなおいしいリンゴはじめて！」と私が興奮すると、「今年は、夏の猛暑や秋の三度の台風で被害を受けて、蜜入《みつい》りが遅かったし、硬《かた》さもいまひとつでね」と頭をかきながら、「でも、よそのリンゴ食べても、うちのがやっぱり一番うまい」と目を細めた。

これってわが子を思う親心と同じじゃないか。いろいろ問題があってもわが子ほどかわいいものはない。

子どもの頃、熱を出すと、母がリンゴをすってくれた。すったリンゴが一番おいしいと最近まで思っていたくらいだ。有形無形の親心に包まれてここまで来られた。ありがたい。

先日、訳《わけ》あって九州に。門司《もじ》港駅前のフルーツショップで、「長野産サンふじ」と書かれたリンゴを発見。思わず、「まぁ、よくぞこんな遠くまで」とほおずりしてしまった。中沢さんちの「子」たちが旅してきたように思えて。

◇◇◇

かわいい子には旅をさせよとは言うけれど。来春、高校卒業予定の娘は、海外進出を企《くわだ》てている。さすがは平成生まれだ。私のユーミンを「ママの好きな演歌」と言い放つだけのことはある。

はなむけに舟木一夫《ふなきかずお》の「高校三年生」など歌ってやりましょうか。昭和歌謡《かよう》は、どこかせつなく甘酸っぱいリンゴの味わいだ。親心が伝わるかもしれない。

「平成」にもついていけなかったのに、さらに新しい元号になるなんて。

それでも、昭和オンナのショウは、マスト・ゴー・オン、まだまだこれから。

二〇一八年十二月九日

カルタ

年始に思い出す母の知恵

かあさんは、夜なべをして手袋を編《あ》んでくれなかった。その代わり、おやつにケーキやクッキーも焼かなかった。

「えっ?」というようなものをこしらえるのが得意だった。

例えば、絶対に破《やぶ》れない障子《しょうじ》。子どもたちがすぐに穴を開けてしまう障子紙をはがし、一夜のうちに白い手ぬぐいに張り替えた。弟が面白がってつついたら、突き指をした。無敵の障子だった。

冬になると、毛糸でジャンパースカートを編んでくれた。背が伸びて丈《たけ》が短くなると、裾《すそ》を編み足してくれる。

「こうすれば、一年でどれだけ背が伸びたか分かるから」と毎年、編み足す毛糸の色を変えた。柱にキズは付けない主義だった。

私たち子どもたちは、そのうち母が偽札《にせさつ》でも作ってしまうのではないかとドキドキした。

◇◇◇

カルタも母の手作りだった。

幼稚園でもらった「いろはカルタ」をやりたがったら、「こんなのやったら、つまらない大人になってしまう」と却下した。そして、またもや、一夜のうちに、厚紙に書いてこしらえたのが、「一茶《いっさ》の俳句カルタ」(※)だった。読み札《ふだ》に十七文字の句、取り札に下《しも》の句という絵のない百人一首の体裁だ。あまりの地味さにこらえきれず、泣いた。すると、「カルタに書かれたお話を心の中で想像してごらん。映画を観ているみたいに面白くなるよ」と母は笑った。

母が読み上げ、近所の子たちと札を取り合う。

「やれ打《うつ》な　蠅《はえ》が手をすり　足をする」、「湯上りの　尻にべつたりせうぶ《菖蒲》哉《かな》」などなど。次々と楽しい情景が五・七・五のリズムで浮かび上がる。俳人一茶がどんどん身近になった。

新年になると、今でも、「目出度《めでた》さも　ちう位也《ぐらいなり》　おらが春」という句

※俳句は、荻原井泉水編『一茶俳句集』(岩波書店)より

を真っ先に思い出す。まるで、小林一茶という素敵《すてき》な友達から年賀状が届き続けているかのように。

◇◇◇

幼い娘のためによくお菓子を作ったが、最近はもっぱら自分用だ。冬場は、ラムレーズンサンドが簡単でいい。

まず、レーズンをラム酒に漬《つ》け込み、真ん丸に太らせる。それをマスカルポーネチーズなどのクリームに乗せてビスケットでサンドする。

昨年、レーズンサンドで有名な鎌倉の洋菓子店が、「欠けビスケ」と称して、外側のビスケットだけ安く販売しているのを発見。確かにいくつかは割れたり欠けたりしているが、ほぼ八五パーセントは無傷だ。このビスケに私のこしらえた具をサンドしたところ、これが何とも素晴らしい！そこで、手の届かない憧《あこが》れの日本酒にあやかって、このラムレーズンサンドを「喝采《かっさい》　八割五分　その先へ」と命名し、年末年始のお呼ばれの主力手土産品とした。そこで、一句。

「カルタとり　押さえし札は　親譲《ゆず》り」

二〇一九年一月六日

アンコウ鍋

〝熱く〟なった分だけ旨いだしが

そこへ行くと言うだけで、こんなにプレッシャーがかかるとは。行ったことのある人もない人も、口をそろえて言う。

「下関《しものせき》と言えば、フグ！」

言わずと知れた高級魚。今まさに、シーズンなのだが……。下関のドックに入った夫の乗っている調査船を訪《たず》ねる。料亭でフグコースをゆっくり味わう時間もお金もない。

とはいえ、現地に着くと耳の奥で、「下関はフグ、フグ、フグ……」と歌い続ける小人たちに誘導され、コスパ良しと評判の唐戸《からと》市場《いちば》へ。ところが、クレジットカード不可とのこと。まるで、ご当地・壇《だん》ノ浦《のうら》の平氏のように窮地《きゅうち》に立たされたのだった。

◇　◇　◇

「ここは、やっぱりアンコウだな」

西のフグ、東のアンコウとはいうものの、下関港は、アンコウの水揚げも日本一なのだ、と夫は言う。海千山千《うみせんやません》という言葉になぞらえるなら、船乗りの夫は、海二千。すぐに、アンコウの七つ道具と呼ばれるエラ、ヌノ、トモ、胃、皮、キモ、だい身の七カ所の部位の入ったアンコウ鍋セットを千円以内で調達し、鍋をこしらえ始めた。

まず、あん肝《きも》をからいりし、そこにみそを加えてだし汁でのばしたところに、野菜とアンコウを入れて煮る。どぶ汁風の仕立てだ。

「コラーゲンじゃー」

そう言いながら、湯気の上がった土鍋からプリプリの身を取り分けてくれる。大した鍋奉行殿《ぶぎょうどの》だ。私はといえば、はふはふ味わいながら、心は、しめの雑炊《ぞうすい》を気にしている。

昔、勤めていた東京・神田の出版社のそばに老舗《しにせ》のアンコウ鍋屋があった。コース料理は高いが、鍋だけだったら、そこそこの値段でいける。ただ、コースでないと予約はできない。アンコウの旬《しゅん》の一月、二月は、いつもいっぱい。近くて遠い店だった。

ある晩、残業していると、窓の外に雪が散らつき始めた。あぁ、チャンス到来とばかりに皆でアンコウ鍋屋へと急いだ。案の定《じょう》、キャンセルが出ていて、私たちは、古い日本家屋の二階へと通され、夜空から降り続ける白い雪を窓越しに、鍋を囲んだ。いよいよしめの雑炊になった時、鍋をのぞいたこわもての編集長を、仲居さんが「こらぁ、かき回しちゃダメ！」と叱《しか》りつけた。その気迫たるや！　出来上がったお雑炊は、五臓六腑《ごぞうろっぷ》に染《し》み渡り、いつまでもおいしかった。

◇◇◇

グジャグジャのソバージュヘア（当時流行した髪型）に真っ赤な口紅。Vサインしている指の間には、たばこが挟《はさ》まっていて、煙がモクモクと空に上っている。まるで、バブル期にグレた妖怪人間ベラのようだ。この絵の余白には、ヘタな字で「まま」と書かれている。どうやら、「魔々」ではなく、「ママ」らしい。娘が六歳の時の母の日のプレゼントだ。

「ママの若い頃を想像して描《か》いたの」

必要以上に個性的になることを目指してやまなかったあの頃がなぜか見事に描《えが》かれている。

グロテスクなアンコウが、鍋の具となり、煮込まれて食された後までも、旨《うま》いだしを残し、美味な雑炊として〝縁《えん》〟ある人たちをシビレさせる。

無駄や失敗の多い人生ではあるが、熱くなった分だけだしも出よう。これでいいのだ。胃袋が温まると自己肯定感が増す。

そういえば、アンコウは〝安航〟の響《ひび》き。船乗りのソウルフードにふさわしい。

二〇一九年二月三日

雪割草

受験での鍛えが自信に

「あぁ晩だと勉強捨てる」

私が大学受験で愛用した『英単語連想記憶術』(※)は、こんなシャレた語呂合わせから始まる。

ａ《あぁ》ｂａｎ《晩》ｄｏ《だ》ｎ＝捨てる

Ｂから始まる単語には「晩、納屋《なや》でね」（ｂａｒｎ＝納屋）というフレーズも出て来て、ちょっとワクワクしたりした。

三十年以上たった今も同じように出版されているのを見つけ、すっかりうれしくなり、高三の娘に買い与えると、「なんかちょっと無理かも」。

わざわざまず語呂合わせを覚えないといけないところがやっかいだと言う。

「あらやだ。こうやってダジャレで覚えるのが楽しいんじゃないの」

深夜放送を聞きながら、寝る前に毎日のノルマを覚えた。

そんな中で、面白いダジャレやギャグを思いつくとすぐにハガキに書いてラジオ局に投稿した。

えっ、それで?

ハイ、一年浪人しました。

◇◇◇

同じ高校で明るい人気者だったI君は、二浪した。

それでも、やっぱり明るかった。彼はすぐに、当時、はやっていた「メンズクラブ」という雑誌にあやかり、二浪した仲間たちに声を掛け、「ダブルメンズクラブ」というグループを作った。二浪した紳士《しんし》だけが入れる会員制クラブだ、と。

たまに会う彼らは、自虐的《じぎゃくてき》な冗談を言い合いながら、よく笑っていた。

大学生たちよりも楽しそうにすら見えた。

そんなI君に久しぶりに会った、雪降る新潟の街で。

今、彼は、新潟で広告代理店の社長さんをしている。

※武藤駿雄著『英単語連想記憶術』(青春出版社)

私と同じ神奈川県の湘南《しょうなん》育ちだが、ファミリーヒストリーをひもとくと琉球《りゅうきゅう》王朝の役人に行き着くという彼は、南方系の濃い顔立ちだ。雪景色の似合わぬ彼だが……。

「雪かきは大変だけど、新潟に来て良かったと思う。春のありがたみが身に染《し》みるようになったね。冬が厳しいからこそ感じられる春の歓《よろこ》びを」

「そういえば」と、昔のダブルメンズクラブ時代の明るさの源《みなもと》を尋《たず》ねてみた。

すると、「毎朝のリセット力《りょく》」という答えが返って来た。

「今年もダメだったらどうしようと不安になることもあったよ。でも、だからこそ、朝起きるたびに、『さあ、今日からまた新しい一日が始まる！』ってリセットする。昨日の気持ちは引きずらない。過去は変えられないけど、未来は作れるからね」

そうして、I君は、希望の大学に入り、応援指導部で活躍した。そういえばパソコンやスマホの画面がフリーズした時、一度電源を落とすと元通りに動くことが多い。これもまたリセット力の一つかもしれない。

ならば、夜、不安に襲《おそ》われたら、とりあえず寝てしまおう。早寝早起きでいこう。あぁ晩だと勉強捨てる。至言である。

◇◇◇

新潟の「県の草花」でもある「雪割草《ゆきわりそう》」。

早春、雪の中からひょっこり蕾《つぼみ》を出し、花を咲かせることから、その名が付いたという。強くて可憐《かれん》な花だ。

花言葉は、自信。自らを信じると書いて、自信。

いまだに英単語を語呂合わせで思い出す私たちだが、受験での鍛《きた》えが自信を培《つちか》ったともいえる。

頑張れ受験生！

寒い冬にじっと耐えて、春を待つ。そんなあなたを春が待つ。

二〇一九年二月十七日

ビーチグラス

桜貝

大海原からのメッセージ

ちゃぷちゃぷと、春は海からやってくる。海岸の近くに住んでいるせいか、季節の移《うつ》り変わりを海から知ることが多い。

まだ風の冷たい朝、「今日だ！」と思い立ち、海岸へと急ぐ。けれど、すでに時遅し。こんもり膨《ふく》らんだレジ袋を満足そうに下げて、浜を後にする人々。すれ違いざま、濃い磯《いそ》の匂《にお》いがぷうんと鼻をくすぐる。袋をのぞくと、砂にまみれた褐《かっ》色《しょく》のフリル、メカブ（ワカメの根元部分）がどっさり。

一方、波打ち際《ぎわ》には、もうめぼしいメカブは残っていない。そういえば、こんなことが前にもあった。その時は、まだ幼い娘が一緒だった。

「ほら、見て」

娘が手のひらをゆっくりと開くと、薄桃色《うすももいろ》した花びらのような桜貝がちょこんと一枚。

その瞬間、何かがうずいて私に言わせた。

「これは、人魚姫のうろこなんだよ」

「すごいね、ママ!」

彼女は瞳《ひとみ》を輝かせ、「もっと探す。ぜんぶ拾う」となぎさへ走りだした。

やがて、振り向いて娘が一言。

「これ、売れるかね?」

その口調は、書店を営《いとな》む私の母そっくりだった。

◇◇◇

ベニガイ、サクラガイ、カバザクラガイ、モモノハナガイ、オオモモノハナガイ。これらの淡《あわ》いオレンジやピンク、白色の小さな二枚貝をまとめて桜貝と呼んでいる。

私の暮らす神奈川県の逗子《ずし》や葉山《はやま》、鎌倉で、昔からとても愛されている貝だ。食べるわけでも飼うわけでもなく、ただ貝殻《かいがら》を拾い、めでる。

わが家でもそうだが、拾い、洗い、なんとなく瓶《びん》に入れておく。売るためではない。それ、何年ものですかい？　というくらい昔に拾ったものもある。何年たっても、ただささらと美しい。捨てられない。ご近所のお宅に伺《うかが》うと、やっぱり玄関に桜貝の入った瓶が置かれていたりする。

歳時記《さいじき》でいうところの貝寄風《かいよせ》の頃となれば、強い西風に乗っていろいろな貝殻が浜に打ち上がる。

逗子海岸には絶滅寸前の貴重な種類の貝などもあるようで、貝の研究者も定期的に調査に来ているらしい。けれど、地元民はとりたててそんなことには興味を示さない。ただ、かわいい桜貝さえあればいいようだ。

それにしても、私たちは、なぜ、こんなにも桜貝に心を寄せてしまうのだろうか。

◇◇◇

早いもので、娘が、数日後に高校を卒業する。

親元を離れての中高六年間、先生方をはじめ、さまざまな方々にどれほどお世話になったことだろう。そこで託《たく》されたビジョンやロマンを胸に、

彼女は、海を越え、アメリカの大学へと進学する。大切なことを託したり、託されたりする美しい絆《きずな》こそが人を育《はぐく》むのだとつくづく思う。
なぎさに打ち上げられた桜貝が美しいのは、大海原《おおうなばら》から何かメッセージを託されているからだろうか。それが何だか知りたくて、時折、手に取り、じっと眺《なが》めずにはいられなくなるのかもしれない。

二〇一九年三月十日

京番茶

長く愛される独特な香り

春はあげもの。

やうやう広くなりゆく生え際《はえぎわ》すこし光りて、こんがり揚げだちたる串をうまく食いちぎりたる。

夫の晩酌《ばんしゃく》をちょっと「枕草子《まくらのそうし》」ふうに言ってみた。

油っぽいものやお酒が大好きで、おまけにヘビースモーカーときてる。そろそろせめて喫煙《きつえん》だけでもセーブして健康管理に努《つと》めてほしい。娘とともに、何度も懇願してみるが、いっこうに直らない。どうしたものか。

「それが、ママの仕事じゃないの」

娘にそう言われた私は、こう告《つ》げた。

「私の仕事は、私が決める。ただ、私が、ひとたびそれを仕事と決めたなら、決してハズしはしない」と。

気分は、ゴルゴ13。久しぶりに大きなヤマになりそうだ。

◇　◇　◇

春愁《しゅんしゅう》――春の季語である。心が浮き立つはずの春なのに、なぜかふっと愁《うれ》いがよぎることを指す。

そんな時は、ラプサンスーチョンというスモーキーな紅茶がいい。松葉をいぶした独特なパンチのある香りが愁いの霧《きり》を晴らしてくれる。

ある時、〝春愁っぽい〟友人がやって来たので、この紅茶を振る舞った。すると、「あら、やだ、こんな高い紅茶。京番茶《きょうばんちゃ》にすればいいのに」となぜか元気いっぱい私を諭《さと》す。京都の老舗《しにせ》茶舗《ちゃほ》が「いり番茶」として百五十グラム四百円程度、四百グラムでも八百円ちょっとで販売しているのだ、と。たしかに、ラプサンスーチョンより格段お得な値段だ。

それもそのはず、玉露《ぎょくろ》や抹茶《まっちゃ》などの一番茶を収穫したあと、その下の大きくなり過ぎて落とした葉や枝が材料なのだ。それを乾燥し、もまずに高温でいり上げる。京都の〝始末〟の文化が生んだ優《すぐ》れものなのだそうだ。

「見た目が落ち葉だとか匂《にお》いが灰皿だとか言われながらも、こんなに愛され続けているお茶はないわ」とさらにもう一押し。

それから、ほどなくＪＲ京都駅の銘品コーナーで遭遇《そうぐう》した。有名茶舗のメインの陳列には見当たらず、独特な香りが漂《ただよ》ってくるのを追跡したら、後ろの棚に発見。

手に取ると、袋に入っているにもかかわらず、想像以上に、スモーキーな匂いが。その時、「あっ」とひらめいた。うちのたばこ大好きおじさんの禁煙用の代替品になりはしないか、と。

東海道新幹線内での異臭問題を心配しつつも、思い切って四百グラム入りを購入。ビクビクしながら、席につくと、網棚からぷうんと良い匂い。先に、大阪名物のあのブタまんの白地に赤い数字の大きな袋が「へい、まいど」と言わんばかりにのっていた。そっと隣にブツを置き、二時間半、誰とも目を合わせないように頑張った。

◇◇◇

帰宅するなり、夫に「いり番茶って知ってる?」と切り出すと、「ああ、京番茶でしょ」と即答され、驚いた。

「学生時代に京都のやつがお土産に買ってきたから、タバコの替わりにならないかと試しに吸ってみたけれど、ダメだったね」

すでに、こんなふうに代用しようとしていたとは。

「ねぇ、京都から頑張って買ってきたから、飲まない？」

「えっ、ぼくが？　まさか」

「……」

それ以来、新しい感情がふつふつと沸《わ》き起こりつつある。今、ゴルゴ13ことデューク東郷《とうごう》と連絡を取りたくてたまらない。

二〇一九年三月三十一日

蝶

記憶に残る余韻の美

美しいものには、余韻《よいん》がある。

今春は花見にも行けず、八分咲《はちぶざ》きの夜桜をちらっと横目で眺《なが》めただけで、時が過ぎた。満開の桜も散った桜も知らない。

でも、そのせいか、まぶたを閉じると、夜目《よめ》に青白い八分咲きがぬぼうっと浮かび上がる。

やがて、そこにヒラヒラと蝶《ちょう》が舞う。実際には、蝶なんて飛んでいなかったのに。

余韻が生んだ幻蝶《げんちょう》である。

◇◇◇

スゴい蝶を見た。

ピクリともしないが、死んでるわけではない。むしろ、これから生命が宿《やど》り、空に飛び立ちそうな木彫《きぼ》りの蝶だ。

作ったのは、木蝶《もくちょう》作家の加納貴弘《かのうたかひろ》さん。桜の木を薄《うす》く薄く削《けず》って原寸大に形作ったものに、アクリル絵の具で彩色を施《ほどこ》し、リアルな蝶に仕上げている。

自然豊かな信州・安曇野《あづみの》で生まれ育った加納さんは、昆虫が好き過ぎて採集などはできなかったという。大人になると、カメラ片手に山に分け入り、虫たちの姿を追うように。

ある日、目の前を羽先のみ鮮《あざ》やかなオレンジ色に染めた一匹の白い蝶が横切った。雲間褄黄蝶《クモマツマキチョウ》という準絶滅危惧《きぐ》種のオスだ。

初めて見た美しいオレンジ色の余韻がいつまでも消えず、それから、何回も、何年も、その蝶を探して山に入ったが、二度と見ることはできなかった。

「だったら、作っちゃおうかな、と」

加納さんは、すでに、大学で美術を学んだ画家であった。この雲間褄黄蝶を皮切りに、今まで出合った忘れ得ぬ美しい蝶を次々に作り始めた。展覧会を開くと評判になり、海外からも制作依頼を受けるまでになった。

「本物の蝶を標本にすると、どうしても色があせてしまう。でも、木蝶では、外を飛んでいる色をそのまま再現できるんです」

と、加納さんは、にこにこと笑顔で語るが、実際に見たものしか作らないという徹底ぶり。そのために、クマよけの鈴《すず》を付け、山中に深く入り込むことも少なくない。

「山にいる蝶は、スレてなくて、人懐《ひとなつ》っこくてかわいいですよ」

手のひらに止まるのは、手の汗が好きでミネラルを吸いにくるからだとか。いいなぁ。かわいいなぁ。

都会の蝶は、いまだ未知の領域だ。それからというもの、やたらと手のひらをさわり、年々少なくなる潤《うるお》いをチェックしている。

◇◇◇

かつて初めて鑑賞したオペラは、プッチーニの「蝶々夫人」だった。その蝶々夫人がこの六月、再び同じ新国立劇場に帰ってくる。

ヒロインの蝶々夫人が、桜の花びらを敷き詰めた部屋で歌うアリアの余韻は、今もせつなく胸を震《ふる》わせる。

あわよくば、チケットを押さえ、もう一度、その美声に酔いしれようか。それよりもまず、手のひらに蝶を招くべくクマよけの鈴を押さえる方が先か。

令和の「超・蝶々」夫人として、新しい元号でのデビュー戦をどうしたものかと思案している。

二〇一九年四月十四日

バラ

芳香を周囲に放つ大輪の〝花〟に

娘（十八歳）は、中学、高校と陸上部員だった。おかげで現役時代は、柴犬のようにシャキッとしていたが、引退してからあっという間に太り、現在は、まるでチャウチャウ犬だ。

「明日から、絶対ダイエットするから！」

毎晩、唐揚げなど食べながら、そう決意発表する娘。翌朝、意気揚々とダイエット開始。一日二十四時間。短いようだが、時を住み処《か》とした伏兵は随所に潜《ひそ》んでおり、日没前後にはまんまと捕《と》らわれの身に、の繰り返し。

かくいう私も、ダイエット&リバウンドの人生だ。いろんなダイエットを試したが、この季節ならではの良い方法がある。空腹を感じたら、外に出て、目を閉じ、思い切り鼻から外気を吸い込む。

五月のさわやかな香りが全身を包み、心を満たしてくれる。季節限定「薫風《くんぷう》ダイエット」（無料）だ。

◇◇◇

うちの荒れた小庭に、やっと一輪、バラが咲いた。「ラ・フランス」と名付けられたピンクのバラだ。花びらが幾重《いくえ》にも重なり、ぽっちゃりして、これまたチャウチャウのようである。

前シーズンは、つぼみがついたと思ったら、あれよあれよという間にアブラムシだらけになり、咲かぬまましおれてしまった。

そんなこともあり、喜びのあまり、久しぶりにマイク眞木《まき》の「バラが咲いた」を口ずさむ。時代は、令和へと前進しても、血中に流れているのは相変わらず昭和のメロディーとは。

この「バラが咲いた」というフォークソングは、浜口庫之助《くらのすけ》が、サン＝テグジュペリの童話『星の王子さま』に描《えが》かれたバラをモチーフに作詞・作曲したといわれている。

王子さまに、物語の中盤で、「ぼくは、あの花のおかげで、いいにおいにつつまれていた。明るい光の中にいた。だから、ぼくは、どんなことになっても、花から逃げたりしちゃいけなかったんだ」(※)と後悔《こうかい》させる「あの花」だ。バラは、見た目の美しさもさることながら、王子さまも言ってるように、独特のいい匂《にお》いが大きな魅力《みりょく》だ。

私が「ラ・フランス」を育てたいと思ったのも、ダマスク香と言われる芳香《ほうこう》に惹《ひ》かれたから。

「ラ・フランス」は、理想のバラを求めて交配が繰り返される中で、一八六七年にやっと生まれたエポックメーキングなバラだ。それ以前のバラをオールドローズと呼び、「ラ・フランス」以降をモダンローズと呼ぶ。それゆえ、フランスの国名が名付けられるほどなのだろう。

今朝もひざまずき、わが家のラ・フランスに鼻を近づけた。なんというかぐわしさ! 気品に満ちた香りよ! 「ラ・フランス」ダイエット万歳!

◇◇◇

「バラが咲いた」の曲で、一番の歌詞は、娘が誕生した喜びで、散った哀《かな》しみを歌う二番は、娘を嫁にやる寂《さび》しさのメタファー(隠喩《いんゆ》)なのではないかと言った人がいる。つまり、バラとは、娘なのだと。

願わくば、わが娘も大輪の花と咲き、芳香を周囲に放《はな》ってほしい。最近、「卒母《そつぼ》」宣言をし、十八歳を区切りに子育てから卒業だなどという人たちもいるが、もったいないことだと思う。母親業の苦楽を自ら手放すなんて。母となったからには、一日でも長く生きて子どもの応援をしたい。たとえ、それが、いばらの道でも。

二〇一九年五月五日

※サン＝テグジュペリ作、内藤濯訳『星の王子さま』（岩波書店）

ドクダミ

息をのむ一輪挿しの美しさ

ぼうっとするのが好きだ。

二十五年ほど前、ベトナムのホーチミンを起点にしてメコンデルタを旅した。毎朝、目を覚ますと、水辺を見下ろすバルコニーで蓮《はす》のお茶を飲みながら、しばし、ぼうっとした。至福の時間だった。

運ばれてくる料理には、当時、日本で知名度ゼロのパクチーをはじめ、珍しい香草類《こうそうるい》がふんだんに使われていて、心地よくシャキッとさせられた。私のようなナマケモノには、この手の刺激がありがたい。〝癒刺激《いやしげき》〟とでも呼ぼうか。

先月、わが家の小庭のハーブを圧迫するように生えだしたドクダミを見つけ、衝動的《しょうどうてき》に引き抜いた。手が生臭《なまぐさ》くなったと思い、恐《おそ》る恐る鼻先へ。すると、何ともいえず、爽《さわ》やかな残り香《が》が。よく見ると、まだ若葉だ。

「あぁ、若いってすごいなぁ」

感動した私は、その夜、かつてベトナムで供《きょう》されたように、生春巻きにドクダミの若葉を入れてみた。

野性的な清涼感が鼻の奥を疾走《しっそう》する。二十五年ぶりの〝癒刺激〟だった。

◇◇◇

「ドクダミって薬なの？」

眉間《みけん》にしわをよせて生春巻きを開き、ドクダミの若葉を手早くつまみ出しながら、娘が尋《たず》ねる。

昔、外で遊んでいた幼い娘が、「ママ、蚊に刺《さ》された」と腕を見せると、私がドクダミの葉を引きちぎり腕にこすりつけて怖かったと。一方、私はこの件を思い出せない。今となっては謎の医療風行為である。

そのことを薬剤師のK子ちゃんに伝えると、「ドクダミは、ジュウヤク。生薬《しょうやく》ですから、薬効はありますね」ときっぱり。ドクダミという名前は、「毒止め」とか「毒矯《だ》み」から来ているという。

特に、利尿、緩下《かんげ》（便通）などの薬効が高くなるのは、花が咲く頃で、地上部を切り取って乾燥させて使う。お茶にして飲んでもいい。

昔、旅館の薄暗《うすぐら》い廊下に置かれた小さな花瓶《かびん》にはっとさせられたことがある。ドクダミの一輪挿《ざ》しだった。その辺に群れ咲いている時とはまるで〝別花〟のように美しかった。知的で意志の強い白衣の女性を思わせる美しさだった。

花も人間同様、内面がにじみ出るのかな。薬効高きこの花は群れるよりピンで輝く〝独民《どくだみ》〟なのかも。ちなみに、白衣の似合うK子ちゃんは、〝独民〟返上し、ただ今、パートナー募集中だとか。

◇◇◇

いつだったか、友人宅で、何とも愛らしい八重咲《やえざ》きのドクダミを見た。わざわざ鉢植えにして玄関先に飾られていた。

その時、「欲しいなら、分けてあげるよ」と言ってくれたのを思い出し、先日、ねだってみた。

すると、去年、若葉の頃、良かれと思って肥料をあげたら、それきり、花が咲かないのだと嘆《なげ》く。
やがて薬となるプライド高き若葉が「余計なことしないでくれよ」と送ったメッセージか。雑草ゆえ、ぼうっと生きてはいないのだ。いいぞ、ドクダミ。いつもいい刺激をありがとう。

二〇一九年六月二日

青梅

雨に打たれ、少しずつ色づく

雨の季節。

幼い頃、「つゆに入った」と聞けば、お汁に入るのを想像した。鬼太郎《きたろう》の目玉おやじみたいなおわんの風呂に。

やがて、「梅雨《つゆ》」と書くのだと分かり、さらに、その意味を知った時、ちょっとドキドキした。

梅の実の熟《じゅく》する頃に降る雨。

幼なじみのミキちゃんの広いお庭には、大きな梅の木があった。

「青い梅の実は、食べたらダメだよ。赤痢《せきり》になる」(※)

母からあまりに何度も言われ、私は、青い梅を食べてしまう夢にうなされたほどだ。ミキちゃんちへ遊びに行っても、青梅が見えると怖くて木に近づけなくなった。

六月の雨に打たれて、梅の実は、本当に少しずつ色づいた。ありがたい雨に思えた。

◇◇◇

青梅をどっさり頂いたのは、大人になってからだ。くださったのは、懐かしのミキちゃんのお母さま。

「梅シロップにするといいわ。お嬢さんも飲めるし」

すぐに梅酒を作ろうと思った私の心が見透かされたようであった。

娘と一緒に梅仕事をしたかったが、「食べると赤痢」の呪文《じゅもん》が耳から離れず、隠しておいて幼稚園から帰ってくる前に作業した。娘は、その頃、幼稚園でなぜか小石を食べ、腹痛に悶絶《もんぜつ》するという事件を起こしており、油断できなかった。

それから間もなく、やっぱり、ミキちゃんのお母さまから、今度は、少し色づいた梅をたくさん頂いた。「梅干しにするといいわ。お嬢さんのお弁当に使えるでしょ」

どこまでも子どもファーストの美しい発想だ。焼酎《しょうちゅう》のお湯割りに入れようなど、もってのほかにちがいない。

※「赤痢になる」というのは迷信の類だが、毒成分があるので注意が必要。

梅干しを作ったことはなかったので、急いで、梅を漬けるカメや重しなどを用意した。本を片手におっかなびっくりの「実験」であったが、しばらくして、梅酢《うめず》が上がってきた時には感動した。それまでは、「うめず」といえば、「かずお」だった。私の辞書に、楳図《うめず》かずお先生（漫画家）以外の「うめず」が加わった歴史的な瞬間であった。

ひと月たち、お天気が三日続く日を選び、土用《どよう》干し。そして出来上がった梅干しは格別においしかった。

それからというもの、毎年のようにもぎ立ての梅をミキちゃんのご実家から頂いた。私は、気合を入れて設備投資に走り、梅酢の色具合が確認しやすい白い陶器のカメや良い重しなどを愛知県半田《はんだ》市から取り寄せた。その翌年、ミキちゃんの広いお庭が分譲されることになり、梅が届くことはなくなった。

投資した梅干し用のカメの使い道が消えたとぼやくと、「ここにお金でもためれば」とカメをのぞき込みながら、わが母が呟《つぶや》いた。

◇◇◇

「青梅」という和菓子がある。青い梅の実を模《も》した求肥《ぎゅうひ》の中に、白あんで包まれた蜜漬けの梅が丸ごと一個入っている。甘酸《ず》っぱさがいい塩梅《あんばい》だ。

塩梅という言葉は、梅干しを漬ける時の塩加減から生まれたといわれている。塩が多ければ塩辛《から》い梅干しができ、少なければ酸っぱい梅干しとなる。いい塩梅が肝心《かんじん》なのだ、と。

人生にもいろんな塩梅が求められる。難しいととるか、面白いととるか。

梅の実同様、人間も雨に打たれて熟していくのかなぁ。

「つゆ」は、「to you（ツゥ・ユウ）」（あなたへ）なんてこじつけるのも悪くない。とりあえず、恵みの雨に感謝したい。

二〇一九年六月十六日

タマネギ

空気にさらすと辛みが和らぐ

うちの台所は、最近、ターザンに占拠されている。黄金色《こがねいろ》に輝く肌に覆《おお》われたずっしりと肉厚なボディー。淡《あわ》路島《じしま》からやってきたニクいヤツ。今がまさに旬《しゅん》のタマネギの「ターザン」（という品種）だ。

「タマネギスライスは、水にさらさんといて。空気にさらしてな」

そう教えてくださったのは、先日、娘と初めて旅した淡路島をエスコートしてくださった大学の野口公良《きみよし》先輩。南あわじ市のご出身で、バラエティー番組の「ナニコレ珍百景」に登録された、天文台を持つタクシー会社の社長さんであり、地元の名士だ。

水にさらすとタマネギの良い成分が溶けて流れてしまうらしい。辛《から》みは、空気にさらせば和《やわ》らぎ、おいしさが増すのだと。

それからというもの、わが家のタマネギサラダは、ターザンをスライスしてバットに広げ、しばし空気にさらす。そのあと、冷蔵庫で冷やし、手製のレモン甘酒ドレッシングをかけていただく。すると、シャキシャキとみずみずしく甘酸《ず》っぱい。が、その後すぐにガツンとした辛みが口の中を綱渡《つなわた》りする。

あぁ、このワイルドさ。さすがは、ターザンだわ。「渚《なぎさ》のシンドバッド」ならぬ「畑のターザン」にどんどん心奪われていくのであった。

◇◇◇

タマネギの生産量は、一位北海道、二位佐賀、そして、三位が淡路島のある兵庫。しかしながら、「タマネギといえば、淡路島」「肉厚で甘い」と私のような末端の主婦にまでその名をとどろかせている。なぜ、淡路のタマネギはそんなにおいしいの？

野口先輩に伺《うかが》うと、「それなら、生産者さんのところにお連れしましょう」と、地元の北川さんの畑へ。

「淡路のタマネギは、茎《くき》が倒れてから一週間たたないと収穫してはいけないと決められているんです。その間に、熟成して玉太《たまぶと》りして甘味《かんみ》が増すんです」

今年は、農家泣かせなほど、豊作だという。

「このへんで雨が欲しいなと思うと、適量な雨が何度か降ってね。だから、葉がいい具合にいっぱい巻いて、大きくなって」と北川さんは、両手で弧《こ》を描《えが》きながら、うれしそうに目を細めた。

そんなわけで、野口さんおすすめのお店から、立派なターザンを十キロほどわが家に送っていただいた。

それからというもの、オニオンフライ、タマネギステーキなど揚げたり、焼いたりするたび、うわさ通りの味わいで私たち母娘のハートをわしづかみにしている。

◇◇◇

「たまにはおいしい牛肉をいっぱい食べたい」

そうのたまう娘(十九歳)を買い物に行かせたら、スーパーの精肉コーナーから、「どれ、買ったらいいの?」と電話してきた。

「うちにふさわしいと思うお肉を買ってきなさい」とだけ言ったところ、百グラム百八十九円の米国産牛肩ロース厚切りステーキ用のパック三百七十グラムで六百九十九円を買ってきた。見るからに硬《かた》そうだ。

でも、待てよ、うちには、ターザンが!

急いでタマネギ一個まるまるすりおろし、そこに肉を漬け込み、ソースもつくり、焼いてみた。いわゆるシャリアピンステーキである。

すると、「やわらかい! うまい! ママ、すごい!」。タマネギに含まれるたんぱく質分解酵素《こうそ》がコラーゲンでできた肉のすじを分解してやわらかくしたのだ。

そんなわけで、毎日、ターザンの世話になっている。血液がどれだけサラサラになったかは分からないが、タマにネギらわれていることだけは確かである。

二〇一九年七月七日

入道雲

青空に浮かぶ夏の真骨頂

「無料」「季節限定」「かわいい」という私の三大胸きゅんワードをほしいままにしているのが、入道雲《にゅうどうぐも》だ。

「夏は夜」などとは言うものの、やはり、青空にもくもくの入道雲の光景こそが夏の真骨頂《しんこっちょう》ではないか。

先日、流れる雲を追いながら、「雲って冷たいのかなぁ」とひとりごちると、そばにいた娘が「そりゃ、冷たいよ。氷と水蒸気の集まりだからね」とさらっと答えた。

「さわったことあんの?」

という言葉をぐっとのみ込み、「だよねえ」と平然を装《よそお》ったものの、内心おだやかではない。令和元年(二〇一九年)は、こうして親子の立場逆転元年となるのか。

かくなる上は、「こそ勉」でタイトル防衛《ぼうえい》といくか。

◇ ◇ ◇

「こそ勉」と言っても、いわゆるコッソリコソコソの姑息《こそく》な「コソ勉」ではない。「今こそ、だからこそ」の「こそ勉」である。

そこには、オトナの余裕と王者の風格がなくてはならない。夜な夜なネットを立ち上げてヤホーにヤッホーなどできぬ。

そんな時は、遠くの図書館よりも近くの偉人。同じ市内在住で、ベストセラー『空の名前』(※)で知られる写真家の高橋健司さんのご自宅に伺《うかが》い、教えを乞《こ》うた。

「モクモクと頭の丸い入道雲(雄大積雲)は、太陽に熱せられた地表付近の空気が上昇してできたもの。それがさらに大きくなって成層圏《せいそうけん》に届き、頭が平らになったのが、かなとこ雲(積乱雲)です」とまずは基本から。

入道雲が成長するのは、気温が高くなる午後。高橋さんは、午後、一回雲を眺《なが》める習慣をと提案する。

「雲が見えないと思ったら、ビルの屋上など高いところへ。遠くに見つけることができるでしょう」

こうした習慣がつけば、やがて建物を一歩出たら雨という不測の事態も

※高橋健司著『空の名前』(角川書店)

なくなるはずだ、と。雲行きの怪《あや》しさをつかむのだ。雲が分かれば、天気が読める。入道雲愛がますます深まりそうだ。

◇◇◇

夕立《ゆうだち》が涼《すず》しい風を呼び込む。

愛読書『空のほほえみ』によれば、「昔から人々は夕立を期待して一日に何度も空を仰《あお》ぎ、雲に名前さえ付けてきた。そのせいか、方言辞典には多くの入道雲の愛称が見られる」。

岩雲、舞茸《まいたけ》雲、蛸《たこ》入道、うんきゅう（カブトガニの意）雲など地方ごとに愛称がある。いずれも雲の形を身近なものに例えたのであれば、きっとそこには親子の語らいもあったに違いない。「蛸雲が出てるね、父ちゃん」「ああ、ひと雨待ち遠しいな、ぼうず」のような。

今は、夕立など待たなくてもスイッチ一つで涼しくなれるから、そんな親子の会話もない。

そこで夏休みの企画を一つ。昼下がり、ゆったりと入道雲を眺めながら

「親子で涌《わ》く涌く夏ぐもネーミング大会」（仮称）というのはどうだろう。それぞれアイデアを出し合い、一番ふさわしいものをわが家の入道雲の愛称にするのだ。

例えば、私なら、地元・湘南《しょうなん》の名産にちなんで「釜《かま》揚げしらす雲」かな。

いかがかしら？　決して雲をつかむような話じゃないでしょう。

二〇一九年七月二十八日

※文・写真＝髙橋健司『空のほほえみ』（新人物往来社）

アイスクリーム

〝自由〟を象徴する冷やしもの

何でも冷やすのが好きだ。

夏場は、冷えていること自体が尊《とうと》く、ありがたく思える。

子どもの頃、夏休みになると、寝る前に筆箱や下敷きをこっそりと冷蔵庫の隅《すみ》に入れた。翌朝、キンキンに冷えたそれらを手にすると、気の進まぬ宿題も頑張る気になる。

ある朝、いつものように冷蔵庫をのぞくと、私の文房具セットが、ない。

「冷蔵庫に入っているものは、食べ物だって相場が決まってんだからね」

そう言う母の視線の先には、ちぎれたプラスチック消しゴムとバツの悪そうな幼い弟がいた。

弟よ、なぜ消しゴムまで食らう?

おいしいお菓子を筆箱に入れて隠しているのだと勘違《かんちが》いしたらしい。悲し過ぎます。

ただただ何でも好きに冷やせる自由が欲しかった。

◇◇◇

〝自由〟を象徴する冷やしものの代表といえば、アイスクリームではないか。映画『ローマの休日』で束《つか》の間の自由を謳歌《おうか》する王女役のオードリー・ヘップバーンが、まず手に入れたのもアイスクリームだった。

また、高級アイスクリーム「レディーボーデン」の大きなカップを一人で抱《かか》えて直《じか》スプーンで食べる富と自由に憧《あこが》れた昭和の子どもは、私だけではなかろう。

時は流れ、大人になり、そんな自由が手に入る、はずだった。しかし、悲しいかな、乳脂肪や糖質、カロリーなどを制限せねばならぬ身の上に。

そこで目覚めたのが、自家製アイスクリームだ。料理研究家の白崎裕子《しらさきひろこ》さんのレシピは、アレルギーを持つお子さんたちも安心して食べられるもので、牛乳や卵などは使わない。その代わり、豆乳をベースにくず粉《こ》でとろみを付ける。ヘルシーで実においしい。

「涼《すず》しい日に豆乳アイスの素《もと》を作っておいて、暑い日に食べる分だけマグカップに入れて、ハンドブレンダーで攪拌《かくはん》すればいいの」

白崎茶会（料理教室）で「夏のイチオシデザートは？」と問うた時、そう答えられた白崎先生の涼やかな声と美しい横顔が忘れられない。

豆乳三百グラムと粉末のくず粉十グラム、てん菜糖《とう》四十五グラム、塩ひとつまみを泡立て器でよく混ぜたら、木べらで混ぜながら沸騰《ふっとう》させ、弱火で五分。火を止め、豆乳百グラムと菜種《なたね》油大さじ一〜二、バニラエクストラクト小さじ一と二分の一を加え、よく混ぜて乳化させる。粗熱《あらねつ》を取り、密封容器に入れ、一晩冷凍すれば、「豆乳アイスの素」の出来上がり。これをフードプロセッサーで二分攪拌すればいい。もちろん食べる分だけハンドブレンダーでも可。(※)

私はもっぱら、出来たてのアイスクリームをあらかじめ冷やしておいた翡翠《ひすい》色のファイヤーキングのマグカップに入れ、ラムレーズンを乗せていただく。大人の自由は、ひんやり甘く味わい深い。

◇◇◇

アイスクリームのおいしさの秘密は何か。

それは、オーバーランと呼ばれる空気の含有量《がんゆうりょう》だといわれている。例えば、一リットルのアイスクリームの素に一リットルの空気を混入させたら、オーバーラン一〇〇％の二リットルのアイスクリームができる。オーバーランが高ければ、ふわっとした軽い食感になり、低ければ、ねっとりと重い口当たりになる。

いずれにせよ、私たちは、アイスクリームを食べる時に一緒に空気も味わっているのだ。〝自由〟を感じさせる所以《ゆえん》もそのへんにあるのかもしれない。

アイ・スクリーム（ｓｃｒｅａｍ〈叫ぶ〉）、ユー・スクリーム、一緒に大きな声で叫《さけ》ぼうじゃないか。夏よ、自由への扉《とびら》をありがとう。

二〇一九年八月十一日

※「豆乳バニラアイスクリーム」、白崎裕子著『かんたんデザート』（ＷＡＶＥ出版）より

ひまわりの種

中心円には神秘的な規則性も

あれはまだ元号が令和になったばかりの昼下がり。街角《まちかど》で、昔ちょっと好きだった人にばったり会った。

「あっ、渡したい物があるから、待って。小さいし、軽いし、荷物にならないから」

彼は、ただ口早にそう言うと、走って消えた。

えっ？　何？

男性がもったいぶって渡したい小さな物ときたら、それは指輪だ。昔、渡しそびれた在庫がまだ残っているのだろうか。でも、今さら頂戴《ちょうだい》してもねぇ。

待つこと十分。

手渡された白い封筒《ふうとう》をのぞくと、そこ一列に黒い種が並んでいる。予想をはるかに下回る超軽量かつコンパクトサイズ。

「ど根性ひまわり九世の種だから」

いやいや、それは、重い。二〇一一年三月十一日の東日本

はならず、そのためにぱっと目立つ花なのである。

▼花の中心部の温度を上昇させて、昆虫を引き寄せる。そのため、太陽光をチャージすべく向日性《こうじっせい》なのである。

▼中心円にたくさんの種をぎっしりと詰め込むため、種は中心から外に向かってらせんを描《えが》くように、フィボナッチ数列で配列されている（数学者フィボナッチが見つけたこの数列は、直前の二つの数の和が次の数になり、隣り合う数の比率は限りなく黄金比に近づくという神秘的な数列である）。

というように、ひまわりは、次世代へ子孫を残すための並々ならぬ勝負勘《かん》を持った花なのだ。しかもその上、ど根性の持ち主！

娘が怖いと感じるのは、こうしたひまわりからにじみ出る気迫であり、オーラなのかもしれない。

◇◇◇

今日、九月一日は、防災の日。かつて、近所のおじいちゃんが、「関東大震災（一九二三年九月一日）で津波が来た時、皆で急いであの松の木に登って助かったんだよ」と話してくれた。

今、松の木のあったお屋敷は、コインパーキングとなり、おじいちゃんももういない。関東大震災の震源地が神奈川・相模《さがみ》湾沖だということを知らない人も多い。風化が怖い。

わが家の玄関横の七輪のど根性九世たちは、今、かくんと頭を垂《た》れ、時折、風に揺れている。老いて枯《か》れても終わってなどいない。種が熟《じゅく》すのを待っているのだ。大地を見つめながら。

二〇一九年九月一日

水平線

栗

黄色いほくほくの部分は種

栗《くり》は好きかと問われ、「ハイ、激しく好きです」と答えると、「やっぱり縄文人《じょうもんじん》だよ、あんた」とその人は笑った。

二十代の頃、当時の上司にそう言われてより今に至るまで、何人かの人から「縄文系」「狩猟《しゅりょう》民族」「原種」などと評されてきた。

娘も栗が好きで、天津甘栗《てんしんあまぐり》など与えたら大変だ。リスのように巧《たく》みに前歯を使い、すさまじい勢いで平らげる。

「君たちは、栗の本当のうまさを知らないだろ。山栗を木から落として生で食べるのが一番だ」と少年時代を福井市で過ごした夫は得意げに語る。

稲作はまだ始まっておらず、栗などの木の実を主食とした縄文時代。うちとて主食はご飯だが、プリミティブな匂《にお》いが家庭に充満している。なんとなく縄文家族だ。

気付けば、懐かしのアニメ『はじめ人間ギャートルズ』のエンディング曲「やつらの足音のバラード」を口ずさんでいる。彼らは原始人。確か何代か前の先祖は類人猿という設定だったっけ。家系図に猿がいるのはすご過ぎる。

◇◇◇

秋とは名のみの残暑厳しき朝。ハッカ油スプレーをカラダ中に噴射《ふんしゃ》した妙に清涼感漂《ただよ》うオバさん二名、山へ分け入る。ハッカは防虫対策。栗拾いなどでは気が済まぬ。いざ栗狩りだ。

栗の木を探して右往左往しているところへ、「どうされましたか？」と初対面のナイスミドル登場。樹木医の吉田さんは、私たちを緑のイガグリのついた木の下へ。

「シバグリです。小さいけれど、一番おいしい！」

と、私に木の枝を渡す。さぁ、どうぞ、この棒《ぼう》で栗狩りをとばかりに。

棒を振り上げ、ふと思う。イガが頭に落ちてきたら痛いじゃないか。

「よろしくお願いします」と吉田さんへ棒をお返しし、少し離れたところで見守ることに。きっとわが祖先もちょっとずるいタイプの縄文人だったに違いない。

緑色のイガを足で挟《はさ》んで開くと、栗の殻《から》が白い。まだ早いと言われたが、我慢できずに一片食べてみる。が、渋皮ばかりで中身がない。

吉田さんが地面に描《か》いてくださった栗の断面図によると、ずっと実だと思って食べていた黄色いほくほくの部分は、栗の種に当たる。

「種だから栄養価が高い。それで、多くの生き物が狙《ねら》うわけです。リスやタヌキ、アナグマやえーとそれと……」。それと、縄文系のオバさんたちも。

◇◇◇

野趣《やしゅ》あふれる栗の食べ方を神奈川・葉山《はやま》町で人気の和食店「うりんぼう」を営《いとな》む大西敬介《けいすけ》さん、りかさんご夫妻に教えていただいた。名付けて、「栗の殻あげ」。

▼栗の平らな面を下側にして、ふっくらした殻に包丁で大きく十字の切

り込みを入れる。
▼百五十度の食用油に栗を入れて二、三分素揚げにする。
▼十字の切り込みが花のように開いた揚げたてに、塩を振り、殻だけ取って渋皮ごといただく。
シンプルにして味わい深い一品だ。始めに切り込みを入れることで、小さな芋虫が入っていないか確認できる点もいい。

虫といえば、かわいいわが子が食いっぱぐれなく育つようにとクリシギゾウムシのお母さんは、卵を栄養たっぷりの栗に産みつける。母の愛であり、知恵といえよう。これからは、同じ母親同士、仲良くしましょう。なぁーんて、お人よしには到底、なれないのだ。虫の母より無私《むし》の母。

あぁ今日も熱き縄文の血が騒《さわ》ぐ。

二〇一九年九月十五日

秋日和

「いつまでも覚えてるわ」

天高く馬肥《こ》えて、スポーツの秋、読書の秋。歳時記《さいじき》には、聞きなれぬ水の秋や野路《のじ》の秋なども。

秋一つの肩に、食欲から芸術まであれこれ背負わせ過ぎなんじゃないか。地球温暖化なのに、調子に乗り過ぎじゃないか、といつになく内省的《ないせいてき》になりがちな思索《しさく》の秋。

ファミリーヒストリーをひもとけば、明治四十二年（一九〇九年）生まれの父方の祖母の名前は、秋子。これまたたまらなくファンキーな人だった。

入院中の祖父が亡くなったと連絡を受けて駆《か》け付けると、そこに祖母の姿はなかった。老人会の旅行で温泉へ出掛けているという。

翌朝、葬儀《そうぎ》社などがバタバタ出入りしているところへ連絡を受けて帰ってきた祖母は、声をひそめて母と私にこう尋《たず》ねた。

「もしかして『どっきりカメラ』かい？」

すると、すかさず、母が一言。

「アッと驚くタメゴロー」

幼い私は、自分に言い聞かせた。この嫁と姑《しゅうとめ》は決して悪い人たちなんかじゃない、ただ、テレビの見過ぎなのだ、悪いのはテレビなんだ、と。

◇◇◇

先日、訳《わけ》あって小津安二郎《おづやすじろう》監督の映画『秋日和《びより》』を久しぶりに観た。昭和三十五年（一九六〇年）秋に公開された名作だ。原節子《せつこ》演じるヒロインの名前は、秋子。祖母は、同じ名前に狂喜乱舞《きょうきらんぶ》し、皆に自慢したにちがいない。似ても似つかぬ二人だが。

『彼岸花《ひがんばな》』『小早川家の秋』『秋刀魚《さんま》の味』など小津作品に秋をテーマにしたものは少なくないが、この『秋日和』が一番秋らしいと思う。夫を亡くした秋子は、娘のアヤ子（司葉子《つかさようこ》）と二人暮らし。やがてアヤ子に縁談が持ち上がる。娘の幸せな結婚を願う母と母を残して嫁には行けぬと躊躇《ちゅうちょ》する娘。そこへ面白い友人たちがからみ、話はあれこれ、もつれつつも進んでいく。

映画の終盤で、母と娘は伊香保《いかほ》温泉へ。結婚前の記念旅行だ。唱歌「紅葉《もみじ》」の合唱が流れ、榛名《はるな》富士を臨む湖畔《こはん》の食堂で向かい合う二人。母・秋子が、にこやかに言う。

「ここで、ゆであずき食べたこと、いつまでも覚えてるわ」

この何げないセリフに思わず涙《なみだ》した。大切な人の旅立ちにふさわしい、なんて爽《さわ》やかなはなむけなんだろう。「忘れないわ」とか「また食べたいわ」と言ったら、重みが出てしまう。一グラムたりとも羽ばたく翼に負荷をかけたくないのだから。

こういう粋《いき》な言葉をさらっと風に乗せられるのが、秋なんだな、きっと。さすが一つの肩であれこれ担《かつ》がされるだけのことはある。

◇◇◇

娘が、先月、とうとうアメリカの大学へと飛び去った。心優しき方々から温かなお餞別《せんべつ》を賜《たまわ》った。感謝に堪《た》えない。私からの餞別は、小津安二郎の映画にした。『東京物語』は、世界の映画監督から二十世紀のナンバーワンと称される作品だ。あっちでいきなり小津なんて語っちゃったらちょいとカッコいいじゃないの、という親心である。

あぁ、それなのに。

娘いわく、「ツボが分からない」。

私の一番好きなコメディー『お早よう』も観せたが、「先に荷物のパッキングさせて」と言い出す始末。

そんなわけで、荷造りする娘を横目に一人、小津作品三本を一晩で鑑賞した。明け方、やっと出来上がったスーツケースの横ですやすやと寝息を立てている娘。私は、こっそりスーツケースを開けて、彼女の荷物をごっそり小津DVDに入れ替え、「どっきりカメラ」と書いたプレートを忍《しの》ばせたい衝動《しょうどう》に駆られた。

二〇一九年十月六日

新そば

つゆにちょっとだけ漬けてずずっと

白い小さな花が群れて揺れてる。近づいてのぞきこむと、ピンクのしべが愛らしい。なんて素朴《そぼく》で可憐《かれん》な花なんだろう。

わが家から車で十五分。ひょんなことから見つけた山あいのそば畑。九月の台風で水没したが、水がはけたら、倒れた茎《くき》が自力で起き上がり、こんなにかわいい花をつけた。

「そばは、強いから、土地を選ばないのさ」

昔なじみの東京・神田のそば屋の女将《おかみ》さんのさばさばとした口調のまま思い出す。

一体今までに何万本のそばをすってきたことか。バブル期、「いいそば屋ってのはね」などとソバージュ（当時流行した髪型）かきあげながら、うんちくをひけらかしたりもしたが、そばという植物自体には興味がなかった。それが最近、とても気になるのだ。えっ、いい年の取り方してるね、って？ いいえ、ただの粗婆《そば》でございます。

◇◇◇

「信州信濃《しなの》の新そばよりもわたしゃあなたのそばがいい」とは言うけれど。ちょうど去年の今頃は、信州・松本でとれたての新そばを挽《ひ》きたて、打ちたて、ゆでたての三たてで味わった。

淡《あわ》い緑色のつややかなそばをつゆにちょっとだけ漬けてずずっとすする。薬味のわさびやねぎは、つゆには入れない。わさびは、箸《はし》休めに、舌先にちょっと乗せ、鼻から息を吸い込む。しめにつゆをそば湯で割り、ねぎは、そこで初めて投入する。

神田で教わった江戸っ子スタイルだ。そばとわさびとねぎの三つの風味を楽しむ庶民の知恵である。

今年は、信州へ行けそうにないので、新そばの実を取り寄せた。

幸い、目下《もっか》、一人暮らし。灯火親《とうかした》しむ季節ゆえ、真夜中の読書の友に、そばの実をいる。昔ながらのほうろくをガス台にかけ、ゆさゆさ揺《ゆ》する。黄緑のそばの実が、こうなんとも香ばしい匂《にお》いとともにほんのり色づいたら出来上がり。半分は、急須《きゅうす》に入れてそば茶にし、もう半分はお皿に移してお茶うけに。

そばのやさしい香りに包まれながら、好きな本を読み、眠たくなったらソファでそのまま寝ちゃったりする。幼い娘の子育て真っ最中に憧《あこが》れた小さな幸せが今この手中に！

そんなふうに迎えた朝。そば茶を入れたままの急須を片付けようとふたを開けると、なんと、急須の奥でそばの実がいい感じにお湯を吸ってふやけているではないか。

「さぁ、どうする？　このまま温めるか、それとももう少しお湯を足しておかゆにするか。そうだ！　冷蔵庫に生わさびが残っているはず。まずは、わさびをすりおろしながら、気持ちを整えるとしよう」

思いがけない朝ご飯を前に、にわか「孤独のグルメ」を楽しんだ。

◇◇◇

カリフォルニアの女子大生（娘）から、時々、LINE《ライン》に呟《つぶや》きが入る。

「もうすぐハロウィンパーティー。気合い入れて行こ♡」

この書き込みを見るやいなや、私は、叫《さけ》んだ。

「こらっ！　高い学費、払ってんだから、チャラチャラ遊んでるんじゃないよぉ」

独《ひと》りぼっちの室内にむなしく響《ひび》いた声に、はっとした。これって、昔、母に言われた小言とまるきり同じではないか。

因《いん》果《が》応《おう》報《ほう》なの？　Oh、so bad（オー・ソー・バッ）！

二〇一九年十月二十日

落ち葉

次の成長のための準備

うちの前ばかり落ち葉がたまるのはなぜだろう。お隣やお向かいは、いつもすっきりしているのに。

家を新築したその昔、サクラやハナミズキを勧《すす》められたが、「オール常緑樹《じょうりょくじゅ》でお願いします」と業者さんにきっぱり。落ち葉掃除をしたくなかったから。わが家に落葉樹は一本もない。

あの時、「そう言ったって、奥さん、葉っぱは四方八方から飛んでくるんですぜ」とどうして誰も教えてくれなかったんだろう。

そんなわけで、千客万来。今年も次々と風に乗ってやってくる。

長ほうきをにぎりしめ、朝から、奥村チヨの「終着駅」を口ずさむ。哀愁《あいしゅう》を帯びたレレレのおばさんと化すのであった。

◇　◇　◇

「枯《か》れ葉の季節になると、仕事中、たそがれちゃったりしない?」

腕利《き》きの植木職人、フジワラさんに聞いてみた。すると、「むしろ逆ですね。ああ、今年も葉を落として次の成長のための準備を始めたんだなって。木の本能的な生命力を感じて、『よーし』って気持ちになりますね」。一見、天オバカボンのパパを彷彿《ほうふつ》とさせるフジワラさんだが、このコメントにはちょっとシビれた。

そうよ、そうよと書棚をあさる。

『葉っぱのフレディ——いのちの旅』(※)は、娘に読み聞かせしながら自らが涙《なみだ》した絵本の一冊だ。

「春に生まれて冬には死んでしまう落葉樹の葉っぱのフレディ。フレディは知らなかったのですが——冬が終わると春が来て　雪は溶け水になり　枯れ葉のフレディは　その水にまじり　土に溶けこんで　木を育てる力《ちから》になるのです」

落葉樹の葉は、常緑樹の葉よりも、薄《うす》いものが多い。朽《く》ちて土に還《かえ》りや

※レオ・バスカーリア作、みらいなな訳『葉っぱのフレディ——いのちの旅』(童話屋)

すくできているのだという。フレディは、たった数カ月の一生を通して生死の必然性を問いかける。

わが家にやってくる落ち葉もまた自然界からのメッセンジャーなのだろうか。

◇◇◇

娘がまだ幼稚園児だった時のこと。

通園バスから、子どもたちがそれぞれ色とりどりの落ち葉で作った工作を手に、降りてきた。イチョウやカエデをつないで首飾りにした女の子もいれば、さまざまな葉を切り取り、恐竜をかたどって画用紙に貼り付けた男の子もいる。いずれもお母さんへのお土産だという。

わが娘も意気揚々とバスから降りてきたが、手には、茶色く塗《ぬ》られた二つ折りの画用紙のみ。手渡され間近で見ると、黄土色でLとVの模様が描《えが》かれている。

「ママのお財布だよ」

中を開くと、細長いクヌギやコナラの葉っぱがどっさり。マジックではじっこに顔や数字が書かれている。

もしかして、お札？　彼女は、ニヤリとうなずいた。

フジワラさんの一言が懐かしいヒトコマまでよみがえらせた。よーし、これからは、わが家にやってくる落ち葉は、全てお札だ、と思おう。フレディもダニエル（フレディの親友の葉っぱ）もさあ来い。どんと来い。大もうけさせてくれ。

思い出という落ち葉が朽ちて堆肥《たいひ》となり、忘れた頃に、足下を温めてくれた。

二〇一九年十一月十日

玄冬

重ねることでしか出せない色

冬の匂《にお》いが好きだ。

晴れた朝、窓から顔を出し、鼻の穴を全開にすると、遠い大陸から乾《かわ》いた土の香りが流れ込む。森のクマたちは、冬眠支度の大詰めか。

そんな愛《いと》おしい季節の始まりに、妙に鼻につくのが、黒いマスクの人々。ご近所の若いママに聞くと、「Ｋ－ＰＯＰからの流行《はや》りですね。風邪じゃなくて。おしゃれで着けているんですよ」とのこと。

そうは聞いていても、夜道、ビルの陰《かげ》なんかからぬうっと出てくると、ギョッとする。子どもの頃に読んだ江戸川乱歩の怪人を思い出してしまう。

青春、朱夏《しゅか》、白秋、玄冬《げんとう》。古代中国で配されたイメージカラーで言えば、冬は、玄《くろ》。玄人《くろうと》のクロである。だから、いいのか、黒マスク。でも、黒冬でなくて玄冬。そもそも玄って何よ？

◇◇◇

墨《すみ》の芸術家として知られる御歳《おんとし》百六歳の篠田桃紅《とうこう》さん（二〇二一年三月没）。御《ご》著書の中で、「玄」について次のように記している。

「老子によると、墨いろは、黒の一歩手前の色、という。淡墨を重ねて、真の黒に至る一息手前でとどめる色が『玄』というものなのだそうである。玄はくろで黒ではないという」(※)

だからといって、薄《うす》墨色のグレー寄りではない。「伝統色のいろは」というサイトでは、「玄とは、赤や黄みを含んだ深みのある黒色」と定義する。

いやいや。百聞は一見にしかず。「玄」を探して旅に出ることに。

〝玄〟散歩で向かった先は、古都・鎌倉の呉服《ごふく》店「伝統工芸かつら」。

女将《おかみ》の磯西朱美《いそにしあけみ》さんは、洋画家のお父さまに幼少の頃から色彩感覚を鍛《きた》えられた審美眼《しんびがん》の持ち主だ。

「玄というのは、この色でしょう」

朱美さんは、そう言って長いテーブルの上に二本の反物《たんもの》をするすると解《ほど》

※篠田桃紅著『墨いろ』（ＰＨＰ研究所）

いた。

二反《たん》とも大島紬《おおしまつむぎ》。奄美《あまみ》大島で作られた泥染《どろぞ》めだ。どちらも茶がかかったくろだが、それぞれ微妙に色合いが違う。

「車輪梅《しゃりんばい》という樹木で媒染《ばいせん》したあと、八十回以上泥田に付けて染め重ねるの。グレーだった反物がだんだんと玄へと近づく。色合いは、その時の日差しや風次第で」

奥行きのある美しいくろだ。温かみを感じさせる。

喪服《もふく》にする反物も横に並べてくださったが、まるで違う。黒は真っ暗闇《くらやみ》だが、玄は、奥には灯《あか》りがともっている気配のある暗さ、と言ったらよいか。

ふいに、幽玄《ゆうげん》という言葉を思い出す。

◇◇◇

くしくも、墨であれ、泥であれ、重ねることでしか出せないのが、玄という色であるとは。

玄冬が、人生の風雪を経《へ》た最晩年期を指す言葉だというのもうなずける。

それにしても、あの泥大島の光沢《こうたく》の美しさといったら。ほしいなぁ。でも、高いんだろうなぁ。十センチくらいだったら、買えるかなぁ。

そしたら、マスクを作ろう。玄マスク。

あぁ、でもマスクなんかしたら、もったいない。冬の匂いが好きなんだから。

二〇一九年十一月二十四日

サンタクロース

地味な形で真心を!?

「うちに? 来るわけないじゃん」

「サンタさん、来るかなぁ」という幼い私の問いに、母は、きっぱりとそう答えた。

理由は、「うちには煙突《えんとつ》がないから」。

いつどこで夢を忘れてしまったのだろう。大人になり、新進気鋭の建築家の友人に設計してもらったわが家にも煙突はない。

けれど、娘にはどんな家にも「来る!」という確信があったようだ。毎年、黙々《もくもく》とベランダの物干し竿《ざお》に靴下と手紙をぶら下げ続け、高校生になると、ぴたっとやめた。

「サンタさんが来てくれるのは、中学三年生までだから」

さばさばと答える彼女の横顔は、神々《こうごう》しくさえあった。

◇◇◇

四世紀、古代都市ミュラ(現トルコ)のセントニコラウスという司教が貧困家庭に煙突から金貨を投げ入れたところ、暖炉脇《だんろわき》に干してある靴下に入ったという。これが、サンタクロースの起源ではないかといわれている。

ところが、先日、書店で見つけた最新版の『例解学習国語辞典』（小学館）では、サンタクロースについて、「クリスマスの前の晩、子どもたちにおくり物をくばるというおじいさん。大きなふくろをかつぎ、白いひげを生やしている」としている。

わが家の学習国語辞典にはあった煙突や靴下をはじめ、トナカイのそり、赤い服というおなじみの小道具・大道具の記述が消えている。いよいよサンタクロースも多様化の時代か。

先日、電車の乗り継《つ》ぎを間違えて、上野に来てしまった。あれ、コインロッカーの前に落とし物が。ぷっくりと膨《ふく》らんだ二つ折りの長財布を拾い上げ、ちらっとのぞくとカードとお札がぎっしり。

改札横で乗客の対応をしている駅員さん目がけて、「拾ったんですけどぉ」と長財布を頭上に掲《かか》げて叫《さけ》んだ。

すると、「権利を主張されますかぁ?」と叫び返された。落とし主が現れなかった時に財布が私の物となる権利だ。

「はい、もちろん!」

だったら、ここではく、ホームの遺失物《いしつぶつ》係に届けてほしいとのこと。きびすを返そうとした瞬間、「あのう、その財布、僕のなんですが」と背後から。手を挙げているのは、漫画「小さな恋のものがたり」の主人公チッチの恋人サリーが老《ふ》けた感じの男性だ。

それならと、お財布を手渡そうとすると、さっきの駅員さんが再び叫んだ。

「こちら、権利を主張されてますんで」

民衆の視線が一斉に私に。

「お礼はちゃんとします」と長財布を開き、たくさんのお札をめくり始めるサリー。閉じ込められていた福澤諭吉先生が超高速で見え隠れする。

「あっ、そんな」

思わず発してしまった私の言葉に、お札をめくっていた指が止まる。

「えっ、いいんですか？」と彼。

「いいえ！　ありがとうございます」と私、力《ちから》強く微笑。こういう時に状況に流されない底力は、我ながら素晴らしいと思う。

「これで、お土産でも買ってください」。そう手渡されたのは、野口英世博士、おひとりさまだった。

意外な結末ではあったが、上野駅に滞在したたった五分たらずで千円の収入。時給換算したら、一万二千円の価値を持つ。すごいね！

師走《しわす》ゆえの犯罪防止のため、私服警官も多く出動していると聞く。あのお財布の紳士《しんし》は、私服警官ならぬ私服サンタクロースではなかろうか。目立たぬよう赤い制服を脱ぎ捨て、恐縮させぬよう地味な形で真心を贈る私服サンタ。あなたの前にも現れるかもしれない。もちろん、煙突など使わず、唐突に。

二〇一九年十二月十五日

寅さん

人生という長い映画の主役たち

「バントでもいいから、塁《るい》に出ないか」

出版社にいた頃、上司に言われた。ホームラン狙《ねら》って空振りするよりも、もっと着実な仕事をしようじゃないかと。

ある日、編集長と印刷会社の現場の責任者がもめ、印刷をストップされた。刷《す》ってくれないと雑誌が発売日に間に合わない。

そこで、ご指名に預かり、ご機嫌伺《きげんうかが》いに私が手土産を持って工場へ行くことに。道すがら、ふと思う。ピンチヒッターなのだ。ここは、バントじゃないだろう、と。

印刷所に着いた瞬間、映画『男はつらいよ』のイントロが脳内に流れた。朝日印刷のタコ社長と寅《とら》さんの面白い掛け合いがよみがえり、部屋に入る時、思い切って言ってみた

「おう、労働者諸君！」

シーンと静まり返る室内。怒気《どき》を含んだ視線。

私は、デッドボールで塁に出ることに……。

「昭和の代表って感じ」「つらいよと言いながらうれしそう」カリフォルニアの大学に通う娘とその友人たちに「寅さんって知ってる?」と聞いたら、こんな声が。知名度高し。冬の季語になるだけのことはある。

◇◇◇

子どもの頃、初めて見た時の衝撃《しょうげき》は忘れられない。「結構毛だらけ猫《ねこ》灰だらけ」「それを言っちゃあ、おしまいよ」、また、先ほどの「おう、労働者諸君!」など、寅さんのテンポよく面白いセリフに魅《み》せられて、幾《いく》たびモノマネをしたことだろう。

何を隠そう、このあたくし、松竹大船《しょうちくおおふな》撮影所まで収録の見学に行き、渥《あつ》美清《みきよし》さんに直接、声を掛けていただいた貴重な経験を持つ。

渥美さんは、生前、『男はつらいよ』シリーズのことを「長い一本の映画を撮っているんだと思っている」と語っていたそうだ。この映画に役者人生をかけ、他のドラマなどの出演を断り、寅さんの役作りに徹したという。今回、第一作から五十年、五十作目に当たる新作『男はつらいよ50 お帰り寅さん』を見た。上映中、何度も大笑いしながらも涙が止まらなかったのは、なぜだろう。

◇◇◇

「気にすんなよ、アイツ（編集長）、野球なんてやったことないんだぜ」

印刷所での発言の件で、編集長に叱《しか》られた私を同期のH君は、当時、そう言って励ましてくれた。今、彼は、郷里の新潟と東京の二カ所に拠点を置きながら、全国を取材で飛び回るフリーライターをしている。ずっと独身の理由については、「カネがないからさ」と言いつつも、新潟へ行けば、古町の老舗《しにせ》の料亭やバーでごちそうしてくれる。ママさんたちとは、すこぶる仲良し。話が面白く、人気者だ。

「なんか寅さんみたいになっちゃったね」

思わずそういうと、H君は、大笑いしながら、「キミだってそうだろ」。

言われてみれば、船乗りの夫の寄港地を訪《たず》ね歩く旅ガラス。旅先からメールで原稿を送る流しの物書き。私とて割とフーテンなのである。

公開中の『お帰り寅さん』の劇中で、寅さんを深く慕《した》うおいっ子の満男も会社を辞め、作家となっていた。サイン会を開くほどの売れっ子である。やるじゃん、満男！

山田洋次《ようじ》監督が生み出した寅さんに育《はぐく》まれた私たち。泣いたり、笑ったりしながら、人生というちょっと長めの映画の主役を演じ続ける。

二〇二〇年一月十二日

湯気立て

重力に逆らい、天に昇らん

おでんにラーメン、しゃぶしゃぶ、鍋料理などなど。寒いと、とみに愛《いと》おしさが増す。

コンビニに入ると、レジ横のショーケースに吸い寄せられるように目がいき、空腹でもないのにあんまん、肉まんなどをついつい買ってしまう。ケースから取り出し、包んでもらう時は、ワクワクしているのだが、家に帰ってから包みを開けると、もうそんなにときめいたりしない。

なぜか？

そこに湯気《ゆげ》はもう立っていないから。愛おしさの源《みなもと》は、モクモクと白く立ち上る湯気なのだ。

◇◇◇

「湯気立て」という言葉は、冬の季語である。古き良き昭和時代、大抵どこの家のストーブの上にもやかんが置かれていた。火鉢《ひばち》や暖炉《だんろ》しかり。こうして湯気を立てて、乾燥しがちな室内を適度な湿度に保った。

お茶を飲む時は、このやかんからお湯を差し、使った分の水を足す。今で言う加湿器と電気ポットの二役を兼ねていたのである。

子どもの頃、きょうだいではしゃいでストーブにぶつかり、このやかんをひっくり返したことがある。大惨事は免《まぬか》れたが、母は無事故を旗頭《はたがしら》にストーブを処分し、家の暖房器具をこたつのみにした。ダイニングテーブルの裏にも赤外線ヒーターを取り付け、テーブルクロスを掛け、こたつ化した。一部屋に一台こたつがあるという、わが家のオール電化ならぬオールこたつ化ライフの幕開けであった。

友達が遊びに来ると、まず部屋の寒さに驚き、「心臓まひになりそう」とか「外より寒いよね」などと震《ふる》えながら訴《うった》えたものだ。母は、「頭寒足熱《ずかんそくねつ》」に加えて「換気」をモットーにしており、真冬でも必ず窓を一カ所開けていたのだ。

一方、祖父母の家は灯油ストーブがこれでもかというほどたかれており、やかんからは湯気が立ち放題。私たちが行くと決まって、祖母は「シベリアからハワイへようこそ」と得意げに笑った。

紺《こん》の丹前《たんぜん》（どてら）を着た笠智衆《りゅうちしゅう》似の、身内の中で唯一、誠実かつまっとうに見えた祖父は、そのたびに顔を曇《くも》らせた。ストーブの上のやかんの湯気のせいではない。嫁姑《しゅうとめ》問題を孫に気付かせたくなかったからだろう。

◇◇◇

水蒸気は気体だが、湯気は液体だという。

重力に逆らい、天へ昇らんとする水。祖父母の家のストーブから立ち上がる湯気を見るたび、なぜか神妙《しんみょう》な気持ちになったのは、そのためか。

これも割と最近分かったことだが、大好きなおじいちゃんとは、血がつながっていなかった。祖母の再婚相手であり、父の実父ではなかった。

劇中のスモークのように、立ち上る湯気とともに時々祖父の困った顔を思い出す。

ｙｏｕ ｇｅｔ（ユーゲッ）。

一体、何をつかんだか分からぬが、湯気は、そんなふうに励ましてくれる。
祖父と私は、いつまでも消えない湯気でつながっている。

二〇二〇年二月二日

ミモザ

そばにあると気持ちも明るく

娘が中学高校でとことんお世話になった陽子先生。太陽の「陽」子と憶《おぼ》えていた。その陽子先生に、いつだったか、「中高六年間で一番大切なことって一体何ですかっ」と思い余ってほえたことがある。勉強や部活動、学校行事などの両立でもがいていた娘の姿を見るに見かねてのことだった。

すると、「友情ですね」。

即答だった。この迷いなき一言に目の前の霧《きり》が晴れた。潔《いさぎよ》く一生懸命生きている人の言葉は、春の光のようにまばゆい。

◇◇◇

黄色い小さなポンポンが愛らしい春の花、ミモザ。オーストラリアが原産で、銀葉《ぎんよう》アカシアとも呼ばれている。

天候が不安定で心が沈《しず》みがちな時なども枝先がちょこっとそばにあるだけで、気持ちが和《なご》み、明るくなる。

うちの庭先のミモザは、なぜか枯《か》れてしまったが、その分、お花屋さんに買いに行く楽しみが増えた。

この季節、たった一泊の旅先でも飾りたくなる。一枝そこにあるだけで、薄暗《うすぐら》いホテルの部屋がぱっと明るくなる。ボストンバッグから黄色い花のついた枝先を出してホテルから持ち帰るのも、春を運んでいる人みたいで幸せを感じる。

乾燥させてリース（装飾用の輪）にしてもいい。優しい日なたの匂《にお》いがする。幼稚園から帰ってきた娘に抱《だ》きつかれた時の髪から漂《ただよ》う匂いを思い出す。

両手を広げると、いつだって子犬のように胸に飛び込んできた娘も今や、カリフォルニアの大学生だ。すっかりアメリカンな感じで出会った人たちとハグし合っているのだろうか。友情を大事にしているのだろうか。ちょっと気になるけど、まぁいいや。

◇　◇　◇

来《きた》る三月八日は、「国際女性の日」である。

「国や民族、言語、文化、経済、政治の壁に関係なく、女性が達成してきた成果を認識する日」として、昭和五十年（一九七五年）に国連が定めた。イタリアでは、この日を「ミモザの日」として祝う。男性が日頃お世話になっている女性にミモザを贈り、感謝を表す。女性は贈られたミモザを髪や胸に飾り、街を闊歩《かっぽ》する。ミモザは小さな花が集まって大きな花になっているから、女性たちが団結して大きな力《ちから》になる事の象徴でもあるのだそうだ。

今までどれだけ女友達の存在やつながりに守られ、助けられてきたことか。ミモザから知らず知らず元気をもらってきたのは、そういうことだったのか。

小さなお日さま、たくさんのミモザ。太陽のごとき熱き友情と団結があれば、ウイルスなんかに惑《まど》わされない。負けるもんか。

二〇二〇年三月一日

イチゴ

ウルトラCに目を凝らす

「What the heck!」

早朝、米国に留学中の娘から届いたLINE《ライン》は、そう始まっていた。「なんじゃそりゃ」という意味のスラング（俗語）らしい。

コロナ感染拡大を防ぐため、学期半ばでキャンパス閉鎖《へいさ》が決定。留学生は速やかに帰国せよ、とのお達しが。

「授業は、オンラインで家で受けるの」

日本との時差は十六時間。狭《せま》いわが家の一角にリトルカリフォルニアの誕生か。私はどこ時間で生活したらいいのだろう。それでも、精いっぱい励ましを込めて、「久しぶりにイチゴ狩りに行けるね」と返信すると、返ってきたのは、「糖質制限中」の五字。

What the heck!（なんじゃそりゃ）

「朝のワンポイント英会話。ウィッキーさんなしでマスター

♡」と、日記には書いておこう。

◇　◇　◇

イチゴ狩りの好きな子だった。近くは静岡、遠くは九州。よちよち歩きの頃から母子旅のお楽しみは、イチゴ農園だった。

ある時、幼稚園に入園したばかりの娘が、園芸店の白い小さな花の苗《なえ》の前にしゃがみこみ、「おうちでイチゴ狩りができるかな」。

ちょっとワクワクしながら、苗を三ポット買い、鉢に植えて、玄関脇《わき》に置いた。やがて、実を結び、赤く色づき始めた。

「ママ、もうイチゴ狩り、できるかな？」

私は、締め切り前の原稿を書きながら、明日あたり、いいんじゃない、と軽く答えた。翌日のおやつ時、突然、幼稚園のお友達母子五組十人がそろってわが家にやってきた。

「イチゴ狩りに来た」と元気のいい男の子。「お世話になります」と礼儀《れいぎ》正しいママの籠《かご》バッグから練乳チューブがのぞいている。娘が誘ったのだろう。

鉢には不揃《ふぞろ》いのイチゴがかろうじて七粒。詐欺《さぎ》じゃん、このツアー。

それを不憫《ふびん》に思ったに違いない。一人のママが、子どもたちを鉢の周りに集め、イチゴの実はどれかと問うた。皆、もちろんこれでしょと指をさす。すると、「ブー。この赤いところは、花托《かたく》といってお花の付け根が大きくなったところなの。それじゃあ、これは、何?」。イチゴのつるをつまみあげ、人さし指を黒い点々に動かした。「種!」。子どもたちが自信満々に答えると、「ブー。これが実なんです」。

えーっ! 母子一同驚き、イチゴのウルトラCに目を凝《こ》らした。

◇◇◇

海へと続く川べりのバーを訪《たず》ねた。

季節のカクテルをお願いしたら、カウンターにルビー色の「レオナルド」がすっと現れた。馥郁《ふくいく》とした香りのイチゴのシャンパン割りだ。

娘はもうすぐ二十歳になる。ここでお祝いをしてあげようと思っていたが、糖質制限しているらしいから、誘ってなんかやらない。母親業二十周年を一人で前祝いだ。こんな時だからこそ、青き大海原《おおうなばら》のような洋々たる未来を予祝《よしゅく》しようじゃないか。

予祝？　予祝は木を切る？　いいえ、それは、与《よ》作《さく》。ヘイヘイホーホケキョ。春らんまんの一期一会《いちごいちえ》。どうか、イチゴでいい知恵を。

二〇二〇年三月二十九日

夕焼け

海藻

人を惹きつける海のフェロモン

わが街・逗子《ずし》が最近じわじわと人気らしい。越してきたいと言う人が増えているのだそうだ。うちにも「家を売りませんか」のチラシが入ったり、電話がかかってきたりする。○○不動産と名乗る人は、「今でしたらできるだけご希望に沿う額で」とまで言う。

あの感染症が流行《はや》り、オンラインで自宅から仕事ができる。出社に及ばず。だったら、ちょっとくらい不便でも、リゾート気分を味わえるところに住んだ方がいいじゃん、という話らしい。たまに会社に行くとしても、京急《けいきゅう》の逗子葉山《はやま》駅は始発駅だし、JR逗子駅だって、上りは始発や増結がある。

「逗子、いいかもね」「だね、だね!」などと白い歯を輝かせて微笑《ほほえ》み合う若い富裕層カップルが目に浮かぶ。「このくらいの額で、ペットの飼える一戸建てはないですかね」とカップルに言われた○○不動産店主は、「えー、そんなに出せるのぉ」と内心小躍《こおど》りしても口には出さず、「さあ、どうでしょう。この頃、そうおっしゃる方ばかりでね」ととりあえず、眉間《みけん》に縦皺《たてじわ》の一つも寄せてみせるに違いない。

かく言う私は、十歳の時からこの街に住んでいる。毎朝、一時間以上かけて、東京の大学へ通学し、卒業後は、会社へ通勤した。残業は当たり前の出版社だったから、終電がなくなれば、タクシーをつかまえた。深夜割増で二万円くらいかかったと思う。オンライン勤務なんて、ドラえもんのポケットにすら入ってなかった昭和から平成にかけてのお話である。不便だ不便だと言いながら、やがて、家まで建てた。たぶん、この先も住み続けるだろう。果てしなく高値で地上げされない限り。

同じように何十年も住み続けている友達は少なくない。先日、幼なじみのMちゃんに駅前の金木犀《きんもくせい》の木の下でばったり会った。そのままとりとめもなく話が弾《はず》み、最近、この街に住みたい人が増えているらしいという話題になった。私が「どこがいいんだろうね」とぽつりと呟《つぶや》くと、Mちゃんは、

「街の匂《にお》いが好きなんだよね。逗子の匂いが」と言って、目を細めた。

街には、確かに匂いがある。海外では、よく感じる。香港《ホンコン》だったり、ニューヨークだったり、ニューデリーだったりと。香水のように、初めにぷんと来るトップノート、次にミドルノート、最後にラストノートと、その街の香りが時間差でよみがえることもある。それがかけがえのない思い出だったりもする。

学生時代、国内でも、匂いで好きになった街がある。銀座だ。今よりももっともっとお金がなくて、入れるお店なんてほとんどなかったのにもかかわらず。渋谷にいると不安になるのに、銀座では時々、風に乗って潮《しお》の香りがして幸せな気持ちがした。本当は、そんな匂いはしなかったのかもしれない。「晴海《はるみ》通り」と言うプレートが埠頭《ふとう》を連想させ、潮の香りを思わせただけでは、と今となっては思ったりもする。

逗子といえば、海辺の街だから、Mちゃんの言う「街の匂い」とは、海の匂いなんじゃないか。

私もまた、無自覚にもその匂いに惹《ひ》きつけれらて、ずっとこの街から離れられないのかもしれない。今さらながら、なるほどと思う。


「海に匂いはないんだよ！」

外国航路の船乗りの夫に、ピシャリと言われた。

「太平洋だろうと大西洋だろうと、大海原《おおうなばら》の真ん中で、見渡すかぎり、一面ただただ三百六十度青い海のところでは、何の匂いもしないんだ。匂いがないと言うのは、本当に人を孤独にさせるんだよ」

人々が海の匂いと言うのは、磯《いそ》の匂いのことではないかと。海岸に打ち上がった海藻などの匂いであり、海そのものの匂いではないはずだ、と。

そのあたり、気になってちょっと調べてみた。

ＢＢＣ（英国放送協会）の「サイエンス・フォーカス・マガジン」によると、磯の香《か》を構成しているものとしては、海藻やプランクトン、バクテリアなどから発する匂いのほか、海藻の出す性フェロモンの匂いがあるという。

これは、「ジクチオプテレン」という成分で、ほのかにフルーティーな香りがするのだそうだ。海藻がフェロモンを出しているとは夢にも思わなかった。しかも、それがやっぱりいい匂いだとは。ということは、Mちゃんや私は、海藻のフェロモンに惹きつけられて、ずっとこの街を離れられないでいたのか。

いつになくゆったりと、逗子海岸を歩いた。朝七時、すでに日差しは眩《まぶ》しく、光るなぎさをかわいいワンちゃんを連れて散歩する人々。平日なのに、珍しく若い男女カップルもいる。最近、越して来たのかな。逗子の住み心地はいかがですか、この後、オンライン会議ですか、などと話し掛けたい衝動《しょうどう》に駆《か》られる。

波打ち際《ぎわ》で寝ている砂交じりの海藻をそっと摘《つ》み、自らの鼻先へ。ひと息吸い込むと、もわっと立ち込めた臭気《しゅうき》にむせ返る。私は、その臭《くさ》い海藻に話し掛ける。

「ねえ、いい匂いのフェロモンは？　出してないの？」

すると、海藻が答えた。

「ええ、最近、この街の人口が増え始めたので、人を選んでフェロモンを出しなさいって言われてて」

「言われて、だって？　そんなこと一体誰に言われてんの？　え？　え？　え？」と問い詰めながら、海藻の胸ぐらをつかんで上下に揺《ゆ》する私。のどかな朝の散歩をする人々の目に、果たしてこの情景がどう映っただろうか。

二〇二二年六月一日

カッパ

雨の日が待ちどおしい

雨の季節。

何となく出掛けるのが億劫《おっくう》になり、娘に買い物を頼んだ。ちょっと早い夏休みで米国の大学から戻ってきたばかりの娘に。

玄関先で、「悪いね」と私が言うと、娘は、「えっ？　あたし、雨は嫌じゃないんだよね、フン」と鼻から短く息を吐《は》き出して傘をつかんだ。心なしか目が輝いている。

聞けば、幼い頃に出合った一冊の絵本の影響だという。その絵本を思い出すたびに、「早く雨が降らないかなぁ」といまだに空を見上げたりするのだ、と。

この話を聞き、私は、思わず、右手を上、左手を斜《なな》め下にして墨痕《ぼっこん》鮮《あざ》やかに書かれた書を押し出すポーズをとった。「勝訴！」。ほぼワンオペで娘を育てた挙句《あげく》、二十年たち、「こんな娘に誰がした」とことあるごとに訴《うった》え続けられるわが人生。どうです、皆さん、私は、文科省の推奨通り、ちゃんと絵本の読み聞かせをしたんですよ。雨の日に喜んでお使いに行く若者を一人育てあげましたよ。

私は、すっかり悦《えつ》に入《い》り、「それって何て絵本だか覚えてる?」と追いかけ尋《たず》ねると、娘は、「何だっけ。雨が降って来ると、新しいレインコートを着て、遊びに行く話。その絵本、まだあると思う。あとでね」と言い残して出て行った。なるほど、きっとその絵本は、やしまたろうの『あまがさ』(※)だろう。レインコートじゃなくて、誕生日にもらった新しい赤い長靴と傘。懐かしいなぁ。当時、そんなに気にいった様子でもなかったのだけど、しっかり響《ひび》いていたとは。やっぱり私の読み聞かせは捨てたものではないのだ。

娘は、幼い頃、私が両手を広げると、すごい勢いで胸に飛び込んできた。不意に目が合うと、飛び込んで行くタイミングを狙《ねら》っているような獣《けもの》じみ

※やしまたろう作『あまがさ』(福音館書店)

た目をしていることが多く、いつの間にか、娘と目が合うと、私は、反射的に両手を広げてしまうようになった。

そんなある日、行水《ぎょうずい》し、バスタオルを羽織《はお》った娘を、リビングの隅《すみ》に目視した。急ぎの仕事をノートパソコンで仕上げながら、あっ、そこにいる、みたいな感じで。

すると、次の瞬間、娘の濡《ぬ》れた頭が私の鳩尾《みぞおち》にすっぽりと収まっていた。床には、いくつもの水滴の跡が。私としたことが、そんな気などまったくないのに、心ここにあらずで、とっさに手を広げてしまったようだ。

我《われ》に返り、娘を離そうと、頭をさわるとねっとりしている。

「やだ、カッパみたいで気持ち悪いじゃん」と私。

すると、彼女は、私の目を見て、毅然《きぜん》と一言。

「カッパを悪く言わないでぇ!」

いつにも増して強い目力《めぢから》。なぜ、カッパをかばう? あんた、カッパの何なのさ。

わがホームタウン・逗子《ずし》には、「かっぱ松」という民話が伝わっている。いたずらをしたカッパを懲《こ》らしめるために、大きな松の木にくくりつけた話だ。その影響か。いや、私たち世代にすらすでに馴染《なじ》みの薄《うす》い地元の民話が娘たちまで届いているだろうか。

そういえば、かつて子犬のように動き回ることの多い娘は、頭頂部がいつもぬるく湿っていた。海よりも川が好きだ。水木しげる作『河童《かっぱ》の三平』(※)の三平は、人間であるにもかかわらず、本物のカッパからカッパに間違われるが、逆はないか。私は、カッパを人間と間違えてはいないか。などと、思いつきが、どんどんエキセントリックな川を下り始める。川は増水していて流れが早い。

窓の外は、雨。どうやら、頭の中まで雨が吹き込んでいるようだ。

「これだね、ママがくれたの」

娘が私の鼻先に突き出した青い絵本。表紙には、水色の雨に煙《けむ》る庭に大

※水木しげる作『河童の三平』(筑摩書房)

きな傘をさして佇《たたず》むレインコート姿の女の子と男の子と濡れそぼった一匹の犬。ピーター・スピアーの『雨、あめ』(※)だ。

娘がページをめくると、やがてレインコートを着るシーンが。きょうだいと思《おぼ》しき二人、お姉さんは黄緑色、弟は、黄色いレインコートだ。新しいと娘が思っていたのは、この鮮やかさとパリッとした感じからか。決しておろしたてというわけではない。

大雨が降ってくると、待ってましたとばかりにこのレインコートを着て、二人で一本の大きなグレーの傘をさして外へ飛び出すきょうだいたち。放射状に張られた蜘蛛《くも》の巣にポツポツと光る水滴の美しさに足を止めたり、上手に雨宿りする鳥や動物たちに驚く。ズンズンと水溜《たま》りに入り、自動車には、激しいハネをかけられる二人。びしょ濡れになって、家に戻り、お風呂に入り、まずは温かなお茶を飲む。何とも楽しそうだ。

「この絵本のおかげで雨が降るのが待ち遠しくなったんだよね」と娘は笑う。

私は、ふむふむと懐かしく絵本をめくりながら、「勝訴」のビラを慌《あわ》てて丸めて胸元深く押し込む。なぜなら、この絵本は、イラストのみで出来ていて、文章は綴《つづ》られていないので、誰も、読み聞かせることはできない。何はともあれ、雨が好きで、なぜかカッパまで好きな女子大生がここにいる。時が流れ、両手を広げてもこの胸には、もう飛び込んでこない。口元をちょっと釣り上げて鼻からフンと短い息を出すだけだ。上手に成長したものよ。私はといえば、目が合うと、両手を広げてしまう癖《くせ》がいまだに治らない。

二〇二二年七月六日

※ピーター・スピアー著『雨、あめ』(評論社)

逗子海岸、夜の七時。

日の入り後の「市民薄明」

気がついたら、日が沈んでいた、逗子《ずし》海岸、夜の七時。渚橋《なぎさ》を背に沖を見ると、水平線に江ノ島、その後ろに富士山が、グレーがかった雲の隙間《すきま》から頭だけぬっとのぞかせている。

こんな、日の入り後の束《つか》の間を「市民薄明《はくめい》」と呼ぶのだという。教えてくださったのは、地元逗子在住の写真家、高橋健司さん。長年、気象協会に勤められ、ベストセラー『空の名前』の著者でもある。

聞き慣れない言葉に、私が、「美人じゃなくても薄命なんですか」と聞き返すと、高橋さんは、「市民が外で新聞を読めるくらいの薄明《うすあ》かり、という意味なんですよ。長生きしましょう」と笑った。もう二十年近く前のことになる。それからというもの、空のことで何か分からないことがあると、遠慮なくお電話したり、おうちへ伺《うかが》ったりしてきた。俳優の山﨑努（つとむ）にちょっと似ていて、とっつき神経質そうだが、メガネの奥の目がいつも優しかった。

それにしても、今日のこの夕映えの美しさを何と言ったらいいのだろう。海に向かって筋状の雲が幾《いく》筋か伸びていて、ザラメと桃色のミックス綿菓子のような。この雲にも名前があるはずだ。高橋さんに聞いてみよう、とすぐに思う。けれど、高橋さんに連絡することはもうできない。

最後にお会いした時、娘が、「マニュアルのカメラで写真を撮ってみたいと思ってるんです」と言うと、高橋さんは、「それじゃあ、これ、あげる。このフィルムで撮ったら、見せてね。必ず見せてね」とおっしゃって、「写真師高橋」という歌舞伎文字シールの貼られたニコンf601とフィルム、三脚やテキストまでくださった。娘は、それからすぐにアメリカの大学に戻る日が近づき、真っ先に高橋さんから頂いたカメラとフィルムをスーツケースに入れた。

ところが、機内への持ち込み重量をわずかにオーバーした。私は、すかさず、そのカメラに手を伸ばした。

「どうして？　高橋さんに見せる約束したのに」と顔をしかめる娘。私は、「大事なカメラなんだよ。次の休みの時に日本で練習してから持っていけば」と諭《さと》し、渡米させた。この夏休み、帰国した娘に、彼の訃報《ふほう》を伝えることになるとは思わずに。


郷土史家の三浦澄子さんにもお世話になった。〝鎌倉殿〟で名をはせたあの三浦一族の末裔《まつえい》でもあられる。すらっとしてお着物の似合う素敵《すてき》な方だった。私が高校生の頃から、三浦さんがご逝去《せいきょ》されるまでの四半世紀に渡って、折々に大切なことを教えていただいた。中でも、ここ逗子海岸にまつわる話は、かけがえがない。

昔、ここでウインドサーフィンをしてた時のことだ。散歩に来られた三浦さんにばったりお会いした。

「あら、こんな風の強い日に」と心配げな三浦さんと「はい、風が強いんで」とはしゃぐウエットスーツ姿の私の挨拶《あいさつ》は全く嚙《か》み合わなかった。けれど、そんなことはお構いなしに、「このお話はしたかしら？」と、三浦さんは切り出され、「逗子海岸はね、小さな湾でしょう」と胸の前に両手で弧《こ》を描《えが》かれた。私は、その両手の弧と三浦さんの背景に広がる逗子湾を見比べながら、「はい」とうなずいた。

「この逗子湾の大きさが競艇場にちょうど良いそうなの。だから、戦後、ここはね、競艇場にしましょうという話が決まりかかったの。それを、私たち、子どもを持つ母親たちが、『ダメです、困ります、ここは、逗子の子どもたちがのびのびと成長するための場所です。大人がギャンブルするところではありません』と言って戦ったんですよ」と三浦さんは、いつになく強い口調でおっしゃった。

ぽかんとしている私を不安に思われたのか、三浦さんは、「いいですか、大切なものを守るためには、いざとなったら、戦わなければなりません。いいですね」とさらに強く念を押された。私は、「はい」と返事をするのが精いっぱいだった。

それだけおっしゃると、「今日は風が強いから気をつけてね、それじゃあね」と手を振り、砂浜をしゃりしゃりと歩いて行かれた。遠ざかる後ろ姿を見送りながら、突然、大切なものを手渡されてしまったようで途方に暮れた。

それから十年たち、二十年が過ぎた頃、たまたま逗子海岸のすぐ目の前に家を建てた。海岸の見張り役にはなれるかもしれないと思った。

三浦さんが亡くなられてほどなく、「逗子海岸映画祭」が始まった。初めにかかった映画は、『銀河鉄道の夜』（原作・宮沢賢治）のアニメーションだった。その夜、砂浜にしつらえられた大きなスクリーンに映像が映し出されると、星空の画像と本物の夜空との境は曖昧《あいまい》だった。ジョバンニやカムパネルラを乗せた汽車は、今にもスクリーンからはみ出しそうだった。そして、汽車の窓から手を振る三浦さんの優しい横顔が、見えた。

だいぶ薄暗くなってきた。市民はもうここで新聞を読んだりできない。それでもなぎささを、小学校低学年くらいの女の子と二歳くらい下の男の子がはだしで走りまわってる。波しぶきを追いかけて笑ってる。男の子は、前髪を眉毛《まゆげ》の上で切りそろえたまま同じ長さでぐるりと一周の麻呂ふう刈り上げスタイルだ。今は、ツーブロックと言って、お洒落《しゃれ》な男子に流行《はや》っているらしい。私たち昭和の子どもたちにとっては最もアウトな髪型だったのだが、懐かしい。

私たち三人きょうだいもこの子たちのように、夏になると、ここ逗子海岸でこんなふうに戯《たわむ》れあった。「あーあ、せっかく夕涼《すず》みに来たのに、また汗をかいて」と叱《しか》る母の声が波間から聞こえてくるようだ。

人間は、今の医学ではまだ不老不死とはいかないので、ある時、それじゃあまたね、としばしのお別れをしないといけない。先日、六歳下の妹も半年間の闘病の末に旅立った。母親いわく、三人の子どもたちの中で一番出来がよく、頼りになるかわいい末娘だった。東京の大きな病院の看護師をしていた。病気になっても妹がいるから安心だと、家族みんなで思っていた。

「これからはもう、病気もできないじゃないの」

無邪気に遊ぶきょうだいを見ていたら、そんな言葉を呟《つぶや》きたくなり、苦笑した。昨日までずっと泣いてばかりいたというのに。

早いもので、私が乳がんの手術をしてからちょうど五年目の夏を迎えた。すっかり元気になった私を見届けて、妹は旅立ったのだ。最後まで見事な看護師だった。そんな妹の分まで、この街で楽しく生きねば、と思う。

風が涼しさを増し、立ち上がると、さっきは、桃色だった筋雲が、真っ赤なスイカ色に変わっていた。逗子海岸は、令和四年（二〇二二年）七月十七日午後七時十一分。夏はこれから。

二〇二二年七月十九日

鎌倉

引き込まれていく路地の奥

買ってもらったばかりの赤い自転車に乗ってふらふらと近所を流した。今から半世紀前の昭和四十七年（一九七二年）、私は小学二年生で、その日、遊ぶ友達が見つからず、やさぐれていた。ならば、ちょいと旅にでも出てやろうじゃないの、とペダルを踏む足に自然と力《ちから》が入った。

秋はつるべ落としとは言うけれど、気付いたら薄暗《うすぐら》くて、家々にぽつぽつ灯《あか》りがともり、魚を焼く匂《にお》いなどが道端まで溢《あふ》れてきた。あたりを見渡すと、どこの路地にいるのか分からない。その頃、鎌倉の大町《おおまち》に住んでいて、踏切を一つ渡って材木座《ざいもくざ》に来ただけのはずだったのに。

今どきの子だったら、上着のポケットからさっとスマホを取り出すことだろう。グーグルマップで検索したり、「あっ、ママ〜」と電話すればいい。けれど、当時の小学二年生のポケットは、酒ぶたとか蠟《ろう》メンコやビー玉なんかで膨《ふく》れているばかりで、財布など入ってない。森か山林でもないのに〝遭難《そうなん》〟の心理状態となった。

途方に暮れているうちに、どんどん夕闇も濃くなって、自慢の鮮《あざ》やかな赤い自転車は暗褐色《あんかっしょく》になり、さっきまでの新品とは別物に見えた。来た道をゆっくりと引き返せば良いのに、なぜか路地の奥が気になってしょうがない。妙な胸騒《むなさわ》ぎとともに奥へ奥へと吸い込まれていく。

路地の奥がどうなっていたのか、どうやって家に帰り着いたのかは、思い出せない。翌年、逗子《ずし》へ引っ越すことが決まった。その時、「赤い自転車はA子ちゃんにあげちゃおうか。逗子で新しいのを買えばいいよ」という母の一言にほっとしたことだけは覚えている。それからというもの、ずっと不思議な体験として、喉《のど》に小骨のように引っ掛かり続けている。

出版社に勤めていた頃、「はい、これ、鎌倉の面白そうな漫画ね」といつもながらのぶっきらぼうな声が背中から聞こえた。振り返ると、頭の上から本が落ちた。上司は後ろから、私の頭の上に本を乗せて去って行ったらしい。手に取ると、『鎌倉ものがたり』と書いてあった。

懐かしい趣《おもむき》のその漫画をめくると、江ノ電や樹木の間から見える海、レトロな和洋折衷《せっちゅう》の建物などを背景に、一色《いっしき》先生と亜紀子という純なカップルがういういしく描《えが》かれていた。鎌倉を案内されている亜紀子が、「だまってそっと耳を傾《かたむ》けていると遠い昔の人の声が聞こえてくるみたい……」と言うと、一色が、「そう。この鎌倉の土には大勢の人々の魂や欲望や怨念《おんねん》が眠っているんだ。それが周囲を山と海に囲まれたこの土地に長い間つもりつもって蓄積して……時々不思議な怪異となって現れて我々の心を惑《まど》わせたりする事もあるんだ。例えば、幽霊《ゆうれい》とか天狗《てんぐ》とかね」と答える場面がある。(※)

亜紀子は、一色の話が冗談だと思ってクスクスと屈託《くったく》なく笑ったのだが、私は、思わずゾッとした。なんとなく感じていたことが、しっかりと言葉にされてしまった瞬間だった。表紙を見ると、西岸良平《さいがんりょうへい》とあった。こう

※西岸良平作『鎌倉ものがたり１』（双葉社）

して、このシリーズを読み続けて今にいたる。

この作品の鎌倉にはふつうに魔界があり、魔物が存在している。鎌倉タクシーのＭナンバーのＭは、魔物のＭなので要注意だし、とっくに死んだ人も条件付きで幽霊として普通に日常生活を送っていたりする。

昨年、今なお鎌倉在住の幼馴染みの晴美ちゃんと久しぶりに大町から材木座にかけて一緒に散歩した。彼女とは小学一年生からの同級生なので、「私たちの友情も五十周年だね」と言いながら。私は、「そうそう」と赤い自転車で迷子になった昔の話をすると、晴美ちゃんは、「鎌倉あるあるだね」と言って、白い歯を見せてくっきりと笑った。その清潔な笑顔が小学生時代と全く変わってなくて、しかも散歩した裏路地も受ける印象がほとんど記憶の中のそれと同じ。あれから五十年もたったなんて。魔物にあやかされているのか、それとも、私たちが魔物なのか。これも、「鎌倉あるある」なんだろうか。

先月、母が倒れて、緊急入院した。娘が、「おばあばのお店のお客さんからお見舞いを頂いたよ」と言う。あらあらと包みを開けると、最新刊の『三丁目の夕日　夕焼けの詩69』（小学館）と『三丁目の夕日　昭和歳時記六月』（小学館）の二冊だった。『夕焼けの詩』を裏表紙からめくると見返しに「西岸良平」とサインが。

私は、思わず「ウケるんだけど」と笑った。小学校の頃、アイドルのサインが欲しくて、『明星』などの雑誌を買いこんで「天地真理《あまちまり》」とか「西城《さいじょう》秀樹《ひでき》」とか「フィンガー5」などのサインを模写したものだ。

すると、娘が、「ママ、知らないの？　西岸先生は、おばあばの本屋さんのお得意さんなんだよ」。

西岸先生は、今秋、画業五十周年を迎えられると伝え聞いた。ファンを勝手に代表し、鎌倉じゅうの魔物を全員集合させ、サプライズパーティーを開きたい。

二〇二二年七月三十日

なぎさホテル

いつも冬だった

なんだったんだろう、どういうこと?

そんなふうに、何年もたってから謎が浮上することがある。先日リリースされた桑田佳祐《くわたけいすけ》さんの新曲「なぎさホテル」は、素敵《すてき》なラブソングだ。私にとっても近所にあった「逗子《ずし》なぎさホテル」は、小学生の頃から頻繁《ひんぱん》に出入りしていた懐かしい場所。でも、悲しいかな、何ぶん恋も愛もないガキんちょである。この曲と重なる思い出などないにちがいないと諦《あきら》めていた。

ところが、一つのフレーズから、あれれ、となった。私の思い出の中のプールもそういえば、いつもカラっぽだったのだ。何十回も行ったはずのなぎさホテルのプールに一度も入ったこともなければ、水面の揺らぎも見たことがないという謎。

リゾートホテルとしてその名をはせていたここの、海に面した芝生《しばふ》のプールをずっとカラっぽに放っておいたはずはない。私の記憶違いだろうか。

昔、なぎさホテルで一緒に遊んだモモちゃん（絵本作家・もりのもりか）に聞いた。

すると、「そうねえ。カラっぽだったかも」。

私より三歳下のモモちゃんは、まだ小学校低学年だったが、「芝生の庭でお餅つきしたり、寒稽古《かんげいこ》したりして楽しかったよね」と懐かしがった。

この寒稽古というのは、一月の鏡開きに行われた剣道の初稽古のことだ。私たちは、K先生の主宰《しゅさい》する剣道教室に通っていた。私のなぎさホテルの思い出にK先生は欠かせない。というより、なぎさホテルの思い出は、ほぼ全てK先生の思い出なのである。

百聞は一見にしかずとは言うけれど、K先生をどんな言葉で語るよりも、ちらっとでも見ていただいた方が伝わるものは大きいと思う。

K先生は、通称「おばあちゃん先生」と親しまれていたが、その名のほっこりした響きとは無縁のルックスだった。シルバーグレーの髪を坂本龍馬のようなポニーテールにまとめ、羽織袴《はおりはかま》でいつも街を颯爽《さっそう》と歩いていた。柳生新陰流《やぎゅうしんかげりゅう》免許皆伝。それがK先生の肩書であり、私たちはその門弟《もんてい》だった。

入門したばかりの頃、K先生がみんなに向かって、「剣道とは何か」と聞いた。一人の男の子が、得意げに「スポーツです」と答えたところ、張り倒された。

「スポーツだと？　とんでもない。剣は人を殺す道具。剣道とは、人を殺す技術です」

子ども心に、怖いな、やばいねたぶんと思った。それでも、すぐに辞めなかったのは、女の子の門弟は少なく、私たちをとても可愛がってくださったからだ。

K先生自ら「山小屋」と呼ぶご自宅は、逗子の披露山《ひろやま》の中腹にあった。

電気もガスも通ってなくて、遊びに行くと焚《た》き火《び》で火を起こしてお茶を点《た》てた。これが「武士」の暮らしかとえらく感激したものだ。

そこから歩いて十五分くらいのところになぎさホテルがあった。K先生は、このホテルをご自分のうちの応接間のように使っていた。私たち門弟女子にもよく声がかかり、招かれた。

初めてテーブルマナーを習ったのもなぎさホテルの二階のレストランだった。小学五年生の冬休み、K先生は、女子門弟の三つ編《あ》み姉妹と私の三人にテーブルマナーを教えた。隣にいた三つ編み姉妹の妹は、たしかメイン料理にハンバーグを食べていたと思うが、自分が何を食べたかは覚えていない。覚えているのは、K先生が、コースの最後の紅茶を飲みながら、「あなたたちは皆いい学校へ行きなさい。いい人に会えるから」とおっしゃったことだ。この時、K先生の後ろの窓の外には、境目の曖昧《あいまい》なグレーの海と空が広がり、先生の髪と眼は銀色に光っていた。日光写真ならぬ月光写真のような一瞬だった。

その後、それじゃあひとつ中学受験でもやりましょうか、ということになり、その年の暮れは、なぎさホテルにて四泊五日のお勉強合宿が行われた。メンバーは、三つ編み姉妹の妹にもう一人加えた、小学六年生の門弟女子三人。場所は、「お勉強には離《はな》れがいいでしょう」ということで、洋館ではなく、海が見えるわけでもなく、畳敷《たたみじき》の民宿っぽいところだった。そこはいつからか「なぎさホテル」じゃなかったんじゃないかとちょっと疑っていたのだが、伊集院静《いじゅういんしずか》さんの小説『なぎさホテル』(※)によると、「海水浴客用の別館」とのことで伊集院さんも泊まったらしい。割と最近になって知ったことである。

ただ、幸せなことに、ご飯は全て本館の二階レストランで食べ放題だった。食べ放題といってもバイキングなんかじゃなくて、好きなものを好きなだけ選んでオーダーしてねという意味の。日に何度も遠慮なくやってきて、退屈な冬の逗子海岸を見ながら、バニラアイスクリームやココアなどおやつまでいただき、白いテーブルクロスに染みをつけた。

一緒に泊まり込み、勉強を教えてくださるのは、K先生の姪御《めいご》さんのY先生なのだが、朝食の時は、必ず、二階のレストランにK先生が颯爽と登場。

「このお嬢さんたちに、ホットケーキを焼いてあげてね」

K先生はシェフにそう指示すると、くるりと私たちの方を向いて、「特別にホットケーキを焼いてくださるそうだから」とニコニコする。その毎朝の笑顔が忘れられない。今で言う裏メニューなのだろうか。イチゴやリンゴなどのフルーツが別皿で盛られて出てくるので、ほかほかのホットケーキに乗せてバターとシロップをたっぷりかけていただく。これがたまらなくおいしい。

受験合宿なのに、何をどう勉強したか、全く覚えてない。先日、母に聞いたら、「夕飯をホテルで食べた後、お風呂に入りに自転車で家に戻ってきて、漫画見たり、テレビ見たりしてゴロゴロしてたね。早く戻っておいでって電話がかかってきたっけ」と呆《あき》れていた。

※伊集院静著『なぎさホテル』(小学館)

案の定、中学受験には私一人だけ失敗した。中学、高校とK先生がお嫌いだった公立に進み、高校では剣道部に入った。「高校剣道は間違っている。あんなので一本にするなんて言語道断」というのがK先生の持論だった。「面」は、刀を深く相手の脳天から振り下ろさないと頭をかち割ることはできないし、「胴《どう》」は刀を回転させて刃《は》先で胴をぶち切らなければならないのに、高校剣道は、いずれも竹刀の先っちょが当たっただけで一本にしているのはおかしい、と。竹刀《しない》が日本刀だったらと置き換えて筋が通る剣道形をというのがK先生の教えだったし、そういう剣道を習ってきたのだが、私は、すっかりスポーツ剣道に転向したのである。

それも一年くらいやると、疑問を持った。ずっと感じ続けていたことなのだが、剣道は地味過ぎる。応援で声を張り上げただけで審判に注意されたりする。馴染《なじ》めない。じゃあ自分は何がやりたいのかと考えた挙句《あげく》、エンターテインメントだ、女子プロレスだという結論に至った。

そのことを高校の剣道部のコーチに打ち明けると、「ならば、上段の構えを教えよう」と言われ、高校女子の部では珍しい上段の選手になった。普通、竹刀をお腹《なか》の前に構える中段（正眼）の構えなのに対して、上段の構えとは、審判に「始め」と言われた瞬間に頭の上に竹刀を振り上げて威嚇《いかく》する。驚いた相手にそのまま、「メーン」と片手打ちで飛び込んで一本取るのを狙っているのだが、向こうの方が上手《うわて》だと、振り上げた隙《すき》にカラになってるこちらのボディーに「胴ーー」と勢いよく打ち込まれ、逆に一本取られる。これは結構恥ずかしい。

だが、コーチは、言う。

「お前がやりたいのは、エンターテインメントなんだろう。盛り上がればそれでいいんだろう」

K先生が教えてくださった剣道とは、真逆に来てしまった。剣道をやめるよりもタチが悪い。

風の噂《うわさ》はK先生の耳にも届いたらしい。昔の門弟友達に会った時に、「K先生、怒ってた？」と恐る恐る聞くと、「ていうか、『呆れた。やっぱりバカだったか』って手を叩《たた》きながら大笑いしてたよ」と彼女は真似《まね》して手を叩いて笑ってみせた。もはや、私に残された道は、エンタメを極めることであり、次は「覆面」剣士しかないと思った。

それからというもの、なぎさホテルが近寄りがたくなってしまった。

大学生になり、剣道もやらなくなり、一度K先生に会ってちゃんとご挨《あい》拶《さつ》したいと思い、剣道教室を訪《たず》ねたが、そこにK先生の姿はなかった。事情があってこの街を去られたとのことだった。

最後に、なぎさホテルに行ったのは、昭和六十三年（一九八八年）の十二月の年末だった。年明けに営業を停止すると聞いて、ディナーに駆《か》け込んだ。この年の春に新卒で日本経済新聞社の子会社の出版社に就職し、秋に、本社の流通経済部に逆出向となり、新聞記者としての訓練を受けていた。昭和天皇のご病状が深刻で、社内にはひっきりなしにご容体を伝える通信社のそのアナウンスが流れていた。

その日も早くに帰れる状態ではなかったが、思い切ってコートだけ羽《は》織《お》って逗子に戻ってきた。デスクにカバンを置いて、いますよ的な気配を残して。

二階のレストランで、カツレツか何かいただいて、支配人さんとちょっとだけ話をして、入ったばかりのボーナスでお会計した。このホテルで自分のお財布を開いたのは、後にも先にもこの一度きりだ。見納めだと思い、昔ながらの

逗子なぎさホテル　©もりのもりか

ロビーの赤い絨毯《じゅうたん》をゆっくり歩いて、海側の芝生の庭に出た。水のないプールの底を、一三四号線を走る車のオレンジのライトが洗うように反射していた。

そんなことを振り返りながら、気付いたのは、冬しか来てないのだから、プールに水が入ってなくて当然だということ。最後のディナーはともかくとして、それ以外は全てK先生のプロデュースである。私たち門弟は、リゾートホテルのシーズンオフ対策要員だったのではないか。

K先生、いかがでしょうか。

できることなら、「今頃、気づいたのか。やっぱりバカだったのか」ともう一度大笑いしてほしい。

二〇二二年十二月二十三日

喝采

いつものように店があき

海へと続く商店街の切れ端に、小さな本屋がうずくまる。いつものように店があき。通りに面したレジには、年老いた鼻眼鏡の蠟人形《ろうにんぎょう》が、朝も早よから夜更《よふ》けまでいつもと同じ体勢でうずくまっている。ところが、どっこい、蠟婆《ろうば》は生きていた。こうして半世紀をこの書店の主《あるじ》として生きてきた。それがわが母だ。

娘の私は、近くに住んでいるが、滅多《めった》なことでは寄らない。寄れば、決まって弱いところにジャブが飛んできて、痛い思いを味わうに違いないからだ。

「ねえ、センセイ、いつアクタガー賞を取るのさ?」

「は、泡食ったでショー? 何チャン（ネル）のワイドショーのことでしたでしょうか?」

疑問形のジャブを出された時にゃ、別の疑問のフックでかわす技がいつしか身についた。本屋なのかボクシング・ジムかこれじゃ分からない。

私とて物書きの端くれ。家業を半ば継《つ》ぐような気持ちで新卒で出版社に入り、その後、フリーで細々と文筆業を続けているが、この書店への貢献度は極めて低く、いつまでたっても親孝行できない。そんな自責の念からか、こうした冗談でいともたやすく捲《めく》れるささやかな自意識のささくれ。

八十を過ぎ、子どもたちに「もう辞めたら」と何度言われても、蠟婆は、年中無休で店を開けてきた。娘がいつか書くかもしれないヒット作を店頭に並べるためなんじゃないかと思うと、どこか遠くへ雲隠れしたくなる。

「まぁ、通勤至便だからね」

レジから身を乗り出して、自宅と店をつなぐ横断歩道を指さす。

最近、日に日に足が弱り、その横断歩道すら青信号の間に渡りきれないという目撃情報も耳にする。

「この間、このアタシが渡りきる前に動こうとした車がいたから、杖《つえ》を振り上げて注意したんだよ」

もはや、一番の親孝行は、無事故を祈ることなのだろうか。

とにかくわが子を目立たせるのが好きな母だった。

「粋《いき》と野暮《やぼ》」が口癖《くちぐせ》の浅草生まれで、父とは駆《か》け落ち同然で所帯を持ったことなども影響しているのかもしれない。

第一子が生まれてすぐに亡くなった時、「次に生まれて来る子は息さえしてくれていたらそれでいい」と思ったという。そんな覚悟が裏目に出たのか、東京オリンピックの年に生まれた第二子の私は、父母に果てしなく甘やかされ、物心ついた時には、みそっぱだらけのぽっちゃり娘だった。

「デパートに行くと、やれ、デコレーションケーキが食べたいとかあのお人形がいいとか、何でも欲しがる子でね、お父さんは、そのたびに買い与えるわけ。屋上に上がれば、空に浮かぶ赤と白のストライプのアドバルーンを指さして、買ってよ、って大騒《さわ》ぎしてさ。買わせられなかったのはそれだけだね」と、母はことあるごとに繰り返す。

何もしなくても十分目立つカラダつきではあったが、地元鎌倉で当時、「タカラヅカへ行くならここ」と言われていたバレエ団のジュニアクラスに入ることに。発表会の写真を見ると、ピンクのサテンのおそろいの衣装をつけた女の子たちの中央に私がいる。

「練習が嫌いでね、下手くそだから列の一番端に並べられたんだけど、一人だけ太っててバランスが悪いから、センセイも思い切って真ん中に持ってきた。一人だけ振りが合わないのが、かえって主役みたいだって、お父さんが喜んでね」

その直後、バレエ団を早期勇退することになり、これが人生でただ一度きりの発表会となった。

アルバムでこの隣に貼られている写真は、幼稚園の入園式だ。桜の木の下で黄色いフラノの三つぞろいのパンタロンスーツを着ている。近所のテーラーへ連れて行かれ、誂《あつら》えた。当時流行《はや》りの「恋の季節」のピンキーとキラーズからのインスパイアらしい。クラシックからポピュラーへの転向である。この頃になると、私にも「恥ずかしい」という感情が芽生えてきたが、母はお構いなしだった。街を歩くと、いろんなおばさんが寄って来て、「あら、お父さんにそっくりね」と、上向き加減の鼻を摘《つま》んだり、「まあ、ぽちゃぽちゃ」とほっぺたをつついたり、ひっぱったりした。すると、母は、「もう、ひらがなもスラスラ読めるんですよ」などと求められていない情報を開示して、ちょっと上品なおかあさまぶった微笑《ほほえ》みを浮かべる。そのたびに、私も口を開けずに口角《こうかく》を上げ、虫歯を一本も見せずにスマイルをキメた。今更ながら、あの人たちは誰だったんだろう。もしかしたら、母が仕込んだエキストラ……？　なんてことはないでしょうけど。

その頃の夢は、スクールメイツの一員になることだった。渡辺プロダクションお抱《かか》えのバックダンサーだ。ここからアイドルを狙《ねら》う野心家も多かったようだが、私の場合は違う。目立ちたくない。群衆に埋もれたい。前後左右にいる子と同じサイズ感を保って生きていくのが夢なのさ、というわけで。

けれど、この母はそんな地味な野望など一切関知せず、〝ゴーイング・ファンキーママウェイ〟をモーレツにひた走る。昭和四十五年（一九七〇年）、大阪万博に世の中が湧《わ》き上がる中、弟に続き、妹が生まれた。三人の幼子を抱え、家業の書店を父と営《いとな》みながら、もおっ、どうにも止まらない。

小学一年生の夏休み。母は、妹をおぶって台所で夕飯の支度をしながら、学校からのお知らせの藁半紙《わらばんし》を見るや、やにわにダイヤルを回し、「ツウちゃん、ちょっと来れる？　相談があるんだけど」。ツウちゃんとは、隣の女子高生で、気立ての良さゆえ、私たちの子守や店番をさせられ、わが家のスタッフと化していた。ツウちゃんは、現れるなり、藁半紙を渡され、ふむふむと読むと、「これは、一発、ドカンとやるしかないでしょう」と叫《さけ》んだ。

「やっぱり！　ツウちゃん、頼むね。すごいの、作ろう！」

窓から西陽《にしび》が差し込み、乳飲《ちの》み子の頬《ほお》をオレンジに染《そ》めていた。台所には、先ほど粉をまぶした唐揚げ用の鶏肉が出ていたが、母は迷いなく、蓄《そ》麦屋《ばや》の出前に切り替えた。

学校からのお知らせとは、「夏休みの工作で優秀な作品は、鎌倉市の秋の美術展に出品します」との内容で、一年生に与えられた課題は、「動く魚」。

母があれこれアイデアを言い、ツウちゃんが、チラシの裏にスケッチを描《えが》いていく。見事なコンビネーションである。そもそもこれは、私の宿題だが、子どもに意見を聞かないどころか、口も挟《はさ》ませない。そんなこんなで、真夜中近くに完成したのは、鱗《うろこ》に模《も》した色とりどりの細い折り紙が青い色画用紙に編《あ》み込まれた魚が、「白鳥の湖」の曲にのってくるくる回るという代物だった。

私は、それを見て泣いた。感極《かんきわ》まって、ではない。「白鳥の湖」を奏《かな》でているのは、父方の祖母から贈られたばかりの廻《まわ》るバレリーナのオルゴールであった。その回転する円柱のオルゴールの上には、フランス人形風のバレリーナが可憐《かれん》にポーズをとっていたのに、私がちょっと目を離した隙《すき》に接着されていたバレリーナ人形は引き剝《は》がされ、魚を載《の》せられたのである。

夏休み明け、同級生たちの工作した「動く魚」はといえば、画用紙で作った魚のヒレに竹ひごがセロテープで貼っつけられて、引っ張ると、ヒレがペコペコとわずかに動く程度のもの。

「なんて子どもらしいんだ!」。こういうので十分だったんじゃないのと素朴《そぼく》に思う。嫌な予感は的中し、わが動く魚は、教室の後ろのロッカーの上に置いた瞬間から悪目《わるめ》立ちし、市の美術展へと泳ぎ出た。

展覧会から戻ってきたら、魚をどけて、バレリーナ人形を再び接着することを期待していたが、そんなささやかな願いも叶《かな》うことはなかった。再びちょっと目を離した隙に、母がバレリーナに新たな使命の舞台を与えたのだ。自由度の高い(路地)裏(の家)のおじさんという新たなスタッフを見出《みいだ》し、木製の独楽《こま》の中央にバレリーナを立たせ、トウシューズの上から釘付けさせた。学校から帰宅し、私の学習机の上でバレリーナが寝ているのを見た時、まさかこんな惨事《さんじ》が起きているとは思わず、無造作《むぞうさ》にバレリーナを抱《だ》き上げた。その時の重み、独楽と一体になった姿、その衝撃《しょうげき》たるや、死んでも忘れられない。

独楽に縄ひもを巻きつけ、地面にエイっと投げる。

「わぁ、すごい高速回転だね」「このプリマ、オリンピック出れるね」

母とツウちゃんは、手を叩《たた》いてはしゃいだ。ただ、問題は、このバレリーナ独楽を裏のおじさん以外、誰がどうやっても回せないということであった。

小さな改造、今で言うところのカスタマイズが得意な母であった。子どもたちが茶の間の障子《しょうじ》に穴を開けることに憤《いきどお》り、一夜のうちに障子紙を剝がし、白い手ぬぐいに張り替えた。そうとは知らない幼い弟がいつものように人差し指でつつき、突き指した。

毛糸で女児用ジャンパースカートを編み、背が高くなるたびに裾《すそ》を編み足す。冬ごとにわざわざ違った色で編み足していった。「こうすれば、一年間で何センチ背が伸びたか、一目瞭然《りょうぜん》だからね」。スカートが成長の記録も兼ねていたとは。

学校からもらってきた「いろはかるた」。箱を開けた三秒後に、母の手でゴミ箱に投げ入れられた。

「こんなもんで遊ぶから、つまらない大人になっちゃうんだ」

そして、やはり、夜な夜なボール紙を切り、手製のかるたを作ってくれた。ボール紙の札には小林一茶《いっさ》の俳句がボールペンで書かれていた。「雀《すずめ》の子そこのけそこのけ」と読み札があり、「お馬が通る」という下《しも》の句が書かれた札を取る。おかげで、つまらない大人にならずに済んだかもしれないが、まともな大人にもなれなかった気もする。

母は、こうしたアイデアを婦人雑誌にちょこちょこ投稿しては掲載され、賞品として当時まだ珍しかった輸入洋食器などを手に入れていた。それらは、決して使われることなく箱のまま、すぐに茶の間の天井すれすれにしつらえられた棚に収納された。

「新しい家が建ったら、使おうね」

気がつくと、部屋には、似たような住宅雑誌が何冊も積み上げられていた。母は、それらを精読しながら、家の間取りやインテリアのアイデアを練っていたのだろう。頑張って隣町の逗子《ずし》に土地を買ったのだと友達に声弾《はず》ませていた。休みの日に家族全員で土地の草むしりに出掛けたりもした。若い夫婦と三人の子どもたちのマイホーム、住宅雑誌に登場しそうな幸せな家族、のはずだった……。

父が帰ってくるのが遅くなった。帰って来ない日も増えた。笑い声より言い争う声が多く聞こえるようになった。

両親の動向に神経を張り巡らしていると、ふいに母が便箋《びんせん》に何やら慌《あわ》てて書いて、父の背広のポケットに入れた。私はこっそり取り出した。そこには、「うちには三人の子どもがいます。子どもたちにお父さんを返してください」と書かれてあった。

「来週、逗子に越すよ」

ある朝、突然の引っ越し宣言。まだあの土地に家は建ってないよね、と恐《おそ》る恐る尋《たず》ねると、「もっと駅に近い良いところで暮らすんだよ。ベランダからは海が見えるよ」と母。

そこは、父が営んでいた書店の本店が入っているビルの四階だった。離婚に伴《ともな》い、その書店を母が譲《ゆず》り受けての新生活のスタートだった。ちなみに、例の土地には、父と新しい奥さん、生まれてくる新しい子どものための邸宅建設が急ピッチで進んだらしい。もちろん、そんなことは知る由《よし》もなかったが。


母が泣いた姿を一度も見たことがない。

私たち母子の新居は、古くはあったが、広いリビングがあり、新品のピアノ、ダイニングテーブルセット、ふかふかソファの応接セット、ステレオなどが次々に搬入された。フランスベッドというメーカーに母は何年も積み立てをしていて、夢のマイホームで使おうと思っていた家具類が全て搬入されたのだ。今まで、サザエさんちのような茶の間に慣れ親しんでいたせいか、こたつが恋しいと妹が泣いた。すると、早速、新しいスタッフを手配し、ダイニングテーブルの裏に赤外線ヒーターが取り付けられた。どこのコタツからヒーターを外して来たのだろうか。

また、週に一回、ピアノの先生が来るようになった。当時、十歳の私、七歳の弟、四歳の妹を一人ずつ順番に教えてもらうという契約だったようだ。ところが、美人だけど怖い先生で、私は一回で逃げ出し、弟も私がいないのならと遊びに行ったきり帰らなくなった。まだ幼い妹はとりあえず母の監視下に置かれており、レッスンを受けさせることはできたが、元々三人分の料金体系である。そこで、子ども二人分のレッスン＝大人一人分ということなのか、母が私と弟の代わりに習い始めた。母は、私たち姉弟に当て付けのようによく練習をしていた。今でも「エリーゼのために」を聴くと重い気持ちになるのは、この一件のせいに違いない。

どこの家庭も百科事典や文学全集をとりあえず書棚に、という時代だった。書店業界の黄金期だったかもしれない。母は、営業や配達に飛び回った。その頃、五〇ｃｃまでは、バイクにヘルメット着用が義務付けされていなかった。

挨拶《あいさつ》するために、いちいちヘルメットを脱いだり被ったりして、ヘアスタイルが乱れることを嫌う母に五〇ｃｃのバイクはちょうど良かったのだが、「坂道を上がる時に五〇だと馬力が足りないのよね」。改造マニアの母は、早速、優秀な新スタッフを動かし、五〇ｃｃバイクのボディに九〇ｃｃのエンジンを搭載することに成功。もちろん許されたことではないが、髪を風になびかせて、街を軽《かろ》やかに駆けめぐった。同級生から、「お前の母ちゃん、五〇のバイクなのに俺んちがある山の上まで急坂をとんでもねえ勢いで上がってくんの、すげーな」と言われた時は、ちょっとヒヤッとしたが。

そんなこんなで、女手一つで子どもたち三人全員を大学まで出した母に、私たちは今もってアタマが上がらない。

私は三十歳で結婚したが、奇《く》しくも、夫も幼い時に父親を病気で失くし、義母もまた保育園に勤めながら女手一つで三人の子どもを育て上げた人だった。結納《ゆいのう》の食事会の時、義母は言った。

「うちは貧乏ですが、バクチやオンナに手を出して身をやつしたような者は一人もいません。真面目だけが取り柄《え》なので、どうかご安心ください」

すると、わが母が、

「うちは、バクチやオンナでダメになるような奴ばかりですが、よろしゅうございますか?」と返し、義母や夫は大笑いした。もちろん、私は笑えなかった。洒落《しゃれ》になってないでしょう。

この日の帰り道、母がしみじみと呟《つぶや》いた。

「だけど、あの橋出《はしで》さんのお母さんという人は本当にかわいそうな人だねえ。真面目にコツコツやって来たのに、貧乏だっていうじゃないか」

どうやら違う種族どうしの縁組のようであった。

それから、何年もたってようやく女の子を一人授《さず》かった。育児という日常は、思っていた以上に地味な忍耐力を必要とされた。その頃、月に三本ほどの新聞、雑誌への連載や地域の活動などがあったが、出版社に勤めていた頃ほど忙しくないとタカを括《くく》っていた。オーガニックコットンの肌着を着せ、自然食の完全母乳。こだわりの海を彷徨《さまよ》った。

娘がようやくつたい歩きができるようになったある冬の朝、心臓がバクバクし、謎の不安と恐怖で立っていられなくなった。カーテンを開けると、鉛《なまり》のように空は低く凍《こご》えていて、さらなる不安感が満ちてくる。何だかよく分からないけど、漠然《ばくぜん》ともうだめだと思い、母に電話し、宅配業者に集荷を頼むように、娘を引き取りに来てもらった。

しばらくして、少し落ち着くと、実家に娘を迎えに行った。娘は、妹が赤ん坊の頃に着ていた古臭《くさ》い半纏《はんてん》を着せられていた。小さなウサギが手押し車を引いていたり、サルが笛《ふえ》を吹いているような和柄《わがら》が散りばめられた朱色《しゅいろ》の半纏。ダサくて見るのも嫌なはずだったのに、なぜか癒《い》やされる。母は、相変わらず、お寿司屋の大きな湯呑《ゆの》みでほうじ茶を飲んでいて、その香りにも気持ちがほぐされていく。何を汲々《きゅうきゅう》としていたのだろう。一体どこへ行こうとしていたのだろう。

「母となったからには、一日でも長く生きてさ……。何にもしなくたって日にちが経てば、子どもは大きくなるんだよ」

灯台の放《はな》つ一筋の光のような一言であった。

大粒の雪が降り出していた。コタツの周りでつかまり立ちしていた娘が、手を放して歩こうとした。その瞬間、母が娘の足を手で払った。前につんのめり、泣き出す娘。

歩けたかもしれないのに。劇的な瞬間だったのに。なぜ？

「馬鹿《ばか》だね。女の子は早く歩かせちゃいけないんだよ。足が太くなるからね」

その娘が今年、成人式を迎えた。中学高校と陸上部にいたせいか、母の努力の甲斐《かい》もなく、足は太い。そのたくましい足でアメリカ大陸を踏みしめた。現在、カリフォルニアの大学のクロスカントリー部員として野山を走っている。

いつものように店があく。本屋のレジにいつもと同じ姿勢の老婆《ろうば》がうずくまる。蠟人形、ではなかった。生きている。母は生きている。

二〇二一年五月（春風社刊『学のゆりかご　母と娘のディスタンス』より転載）

エピローグにかえて

名刺を渡すと、「〝たより〟さんですか。素敵《すてき》なお名前ですね」と言われたりしますが、本名ではありません。

まだ、堅い出版社の社員として堅い記事を書いていた二十代の頃、ある媒体の編集長に、「キミは、面白い」と声をかけていただき、副業としてエッセイを書き始めました。その時にこっそりとつけたペンネームです。

マスメディアであっても、読んでくださった方に、自分宛ての手紙〈たより〉だと思っていただけるような文章が書きたいものだという静かな野心が込められています。

ある夏、家の近所の逗子《ずし》郵便局を通りかかった時、一枚のポスターに目が釘付けになりました。私の誕生日（七月二十三日）がいつの間にか郵政省の「ふみの日」に制定されていたのです。郵便局が突然キャンペーンガールにと言ってきたらどうしようなどと、勝手にドキドキしたものです。

それから、なんのオファーもないまま時は流れて三十余年。

今回、聖教新聞で連載した「親子でワクワク　暮らし歳時記」に「新たに逗子のことを加筆して一冊のエッセイ集に」とのお話をくださったのは、第三文明社営業部の素敵なベテランの方でした。

そう言われて、十歳の頃から住んでいて、実家が六十年以上書店を営《いとな》んできた逗子という小さな街でのあれこれを振り返りました。なんて素晴らしい方々や自然とともに育《はぐく》まれてきたことか。そうした海辺の街からの贈りものをもう一度街に返すような気持ちで綴《つづ》りました。ありがとう逗子。

新聞連載時、私の原稿を受け取るたびに、「ここは教育欄なんですよぉ」と切ない声で私に書き直しをさせた聖教新聞社文化部の星田剛秀《たかひで》君。もし、この本が少しでも子育てや教育のお役に立てたとしたら、それは、彼のおかげです。

今回の出版にあたり、第三文明社・大島光明社長に感謝いたします。

また、長年にわたり温かな励ましを送り続けてくださる、池田大作先生、奥さまに謹んで心より感謝申し上げます。

二〇二三年一月二日　なぎさにて

橋出たより

橋出たより（はしで・たより）
1964年、神奈川県鎌倉市生まれ。県立湘南高校、慶應義塾大学文学部卒。大手新聞社系出版社勤務を経て、1995年にエッセイストとして独立。神奈川県逗子市在住。著書に絵本『もんじゅのちえ』（聖教新聞社）、『こども歳時記 母と子で読むにっぽんの四季』（春・夏・秋・冬編、第三文明社）、児童書の翻訳に『グレーター・グッド』（潮出版社）等がある。

なぎさだより
〈逗子《ずし》・葉山《はやま》・鎌倉《かまくら》〉暮《く》らし歳時記《さいじき》

2023年2月27日　初版第1刷発行

著　者　橋出《はしで》たより
発行者　大島光明
発行所　株式会社　第三文明社
郵便番号　160-0022
電話番号　03 (5269) 7144 (営業代表)
　　　　　03 (5269) 7145 (注文専用)
　　　　　03 (5269) 7154 (編集代表)
URL　https://www.daisanbunmei.co.jp
振替口座　00150-3-117823
印刷・製本　藤原印刷株式会社

ISBN 978-4-476-03411-0